假装写诗

我一直假装写诗
早年假装平仄押韵
从古人辞海中
捕捉一大堆小鱼小虾
拼凑出莫名其妙的诗意
摇头晃脑装着进入高潮

我一直假装写诗
从文言装到当代
撷取些不伦不类的译本
洒上点西方当代的胡椒
装得直到忘掉诗的本源
装得完全失去诗的神性

我一直假装写诗
试图冒充诗人气质
直到被发现真相
如小商贩般倒卖文字
如鹦鹉般学人口舌
如巴儿狗般讨要掌声

我一直假装写诗
何尝有过半分天才
夜深人静读到别人的好诗
蜷缩起平凡之极的灵魂
一边流下嫉妒的泪水
一边默默窃取他人的灵感

我一直假装写诗
对抗着懦弱的性格
对抗着庸俗的内心
对抗日复一日的沉沦
对抗从来没有过的爱情
对抗生活的苍白本质

2016.5.22

盲人骑车

一个盲人
戴着墨镜骑车
遇到绿灯不停
遇到黄灯不停
遇到红灯不停

遇到女人停了

2015.10.24

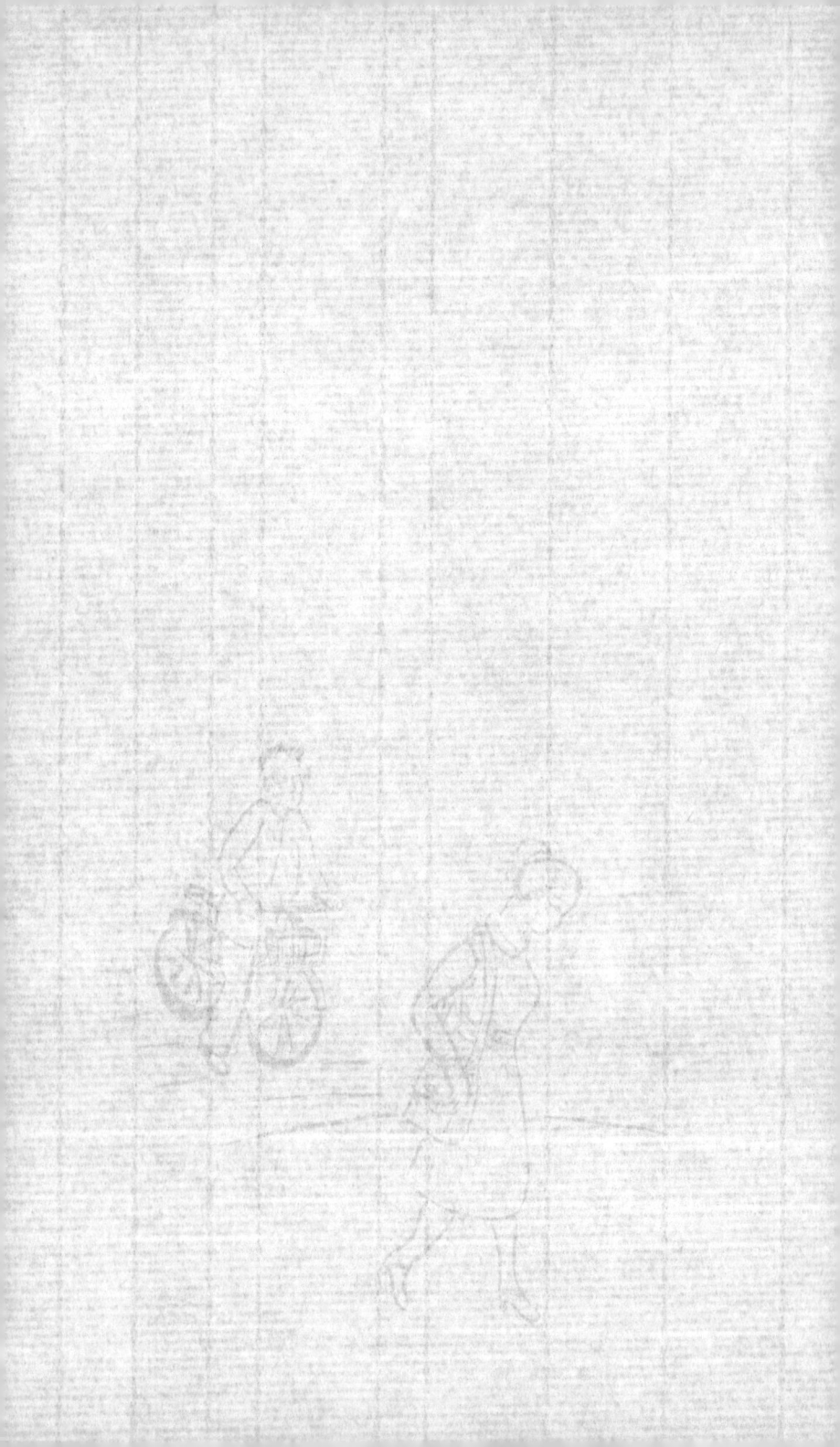

冬草赋

春天
就想起父亲
终于没有捱过寒冬
没有捱到春天

他曾谈论死亡
只是跨入一个别处
临走时的每一次呼吸
却紧紧抓住生命

春天
万物都在复苏
满园子的春草,
盖没了枯萎的冬草

2018.3.27

时间

我在画一枝梅花
雪落在我的身上
变成一个雪人

我在画一个雪人
雪人对着梅花
不知道在想什么

我在画一个画者
画者站在窗台
正画雪人和梅花

清风吹过
画中梅花颤了颤
抖落一片碎雪

2016.5.20

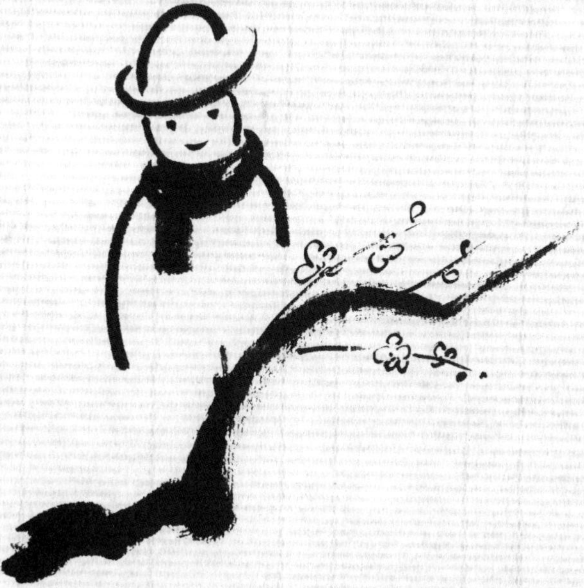

没有父亲的父亲节

好像,父亲不在了
确实,父亲已经不在了

今天
要过一个没有父亲的父亲节
心里却一直想着母亲

园子里有一棵枯了的树
这个春天,竟长出一根新枝

嫩绿嫩绿的

2018.6.16

仰望星空

他路过一家高级画廊
看到玻璃橱窗里的一幅油画
画中人竟然就是自己

他忽然生出莫名的窃喜
他想尽快告诉儿子
他决定晚上请家里人吃饭
从饭店回家自然地路过橱窗

"瞧,画的就是我"
他指着那幅昂贵的画告诉儿子
画中人正背着手仰望星空

2016.5.21

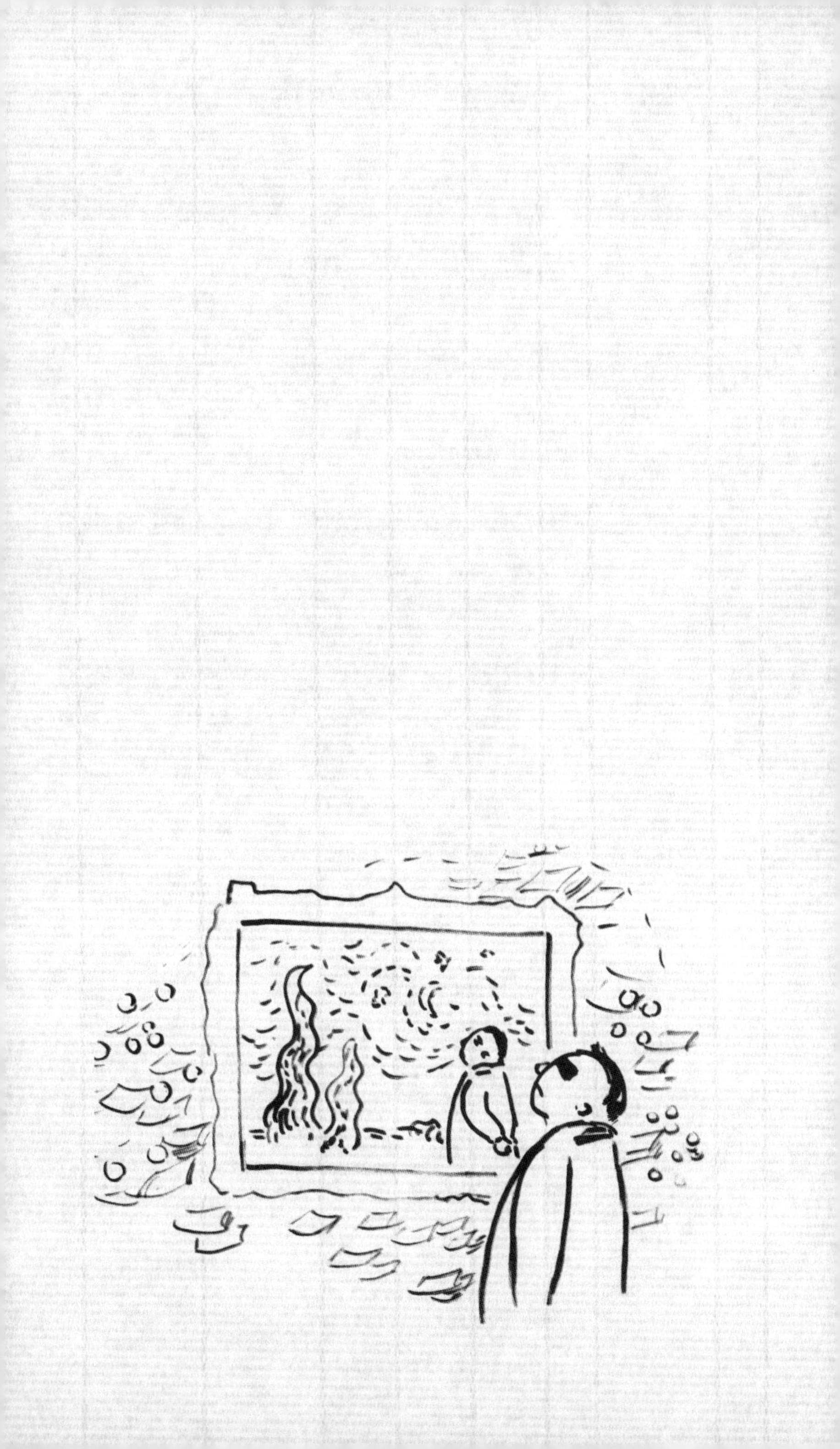

西泠桥

西泠桥北有两座墓
不近女色的义士武松
居然与名妓苏小小耳鬓厮磨

西泠桥南有两个碑
训诂一生的保守派俞樾
依旧和革命党秋瑾怒目相对

西泠桥上踱过吟诗的渔郎
左脚还留在南宋
右手发出了微信

2015.10.24

别处

有一个语言的别处
大江大川之右,朝阳处
曲径通幽,来者寥寥

有一个艺术的别处
茫茫沙漠纵深,过饮马泉
海市蜃楼,郁郁绿洲

有一个爱情的别处
去东海蓬莱,寻那桃花岛
无别离苦,何求不得

有一个灵魂的别处
往北冥,有鱼幻化为鹏
灵魂无碍者,扶摇九万里

有一个生命的别处
开着一扇银白色的门
推门而入,是另一个别处

2016.7.8

破镜

我端坐不动,看着镜中人
挥洒青春,浪掷才华

他鲜衣怒马,试着冲破镜子
却倒在时间的血泊中

我看到,时间从破镜处流出
裹着些姹紫嫣红的幻景

2017.9.8

陆渔先生

我从不怀念过去
过去的任何一点墨迹
都只是洒在了我的旧体上
与我当下的皮囊,毫无关系
我仍然喝着酒,跳着舞,摆着 pose
尽着最大的努力
让那位叫作陆渔的先生,保持光鲜

2016.9.27

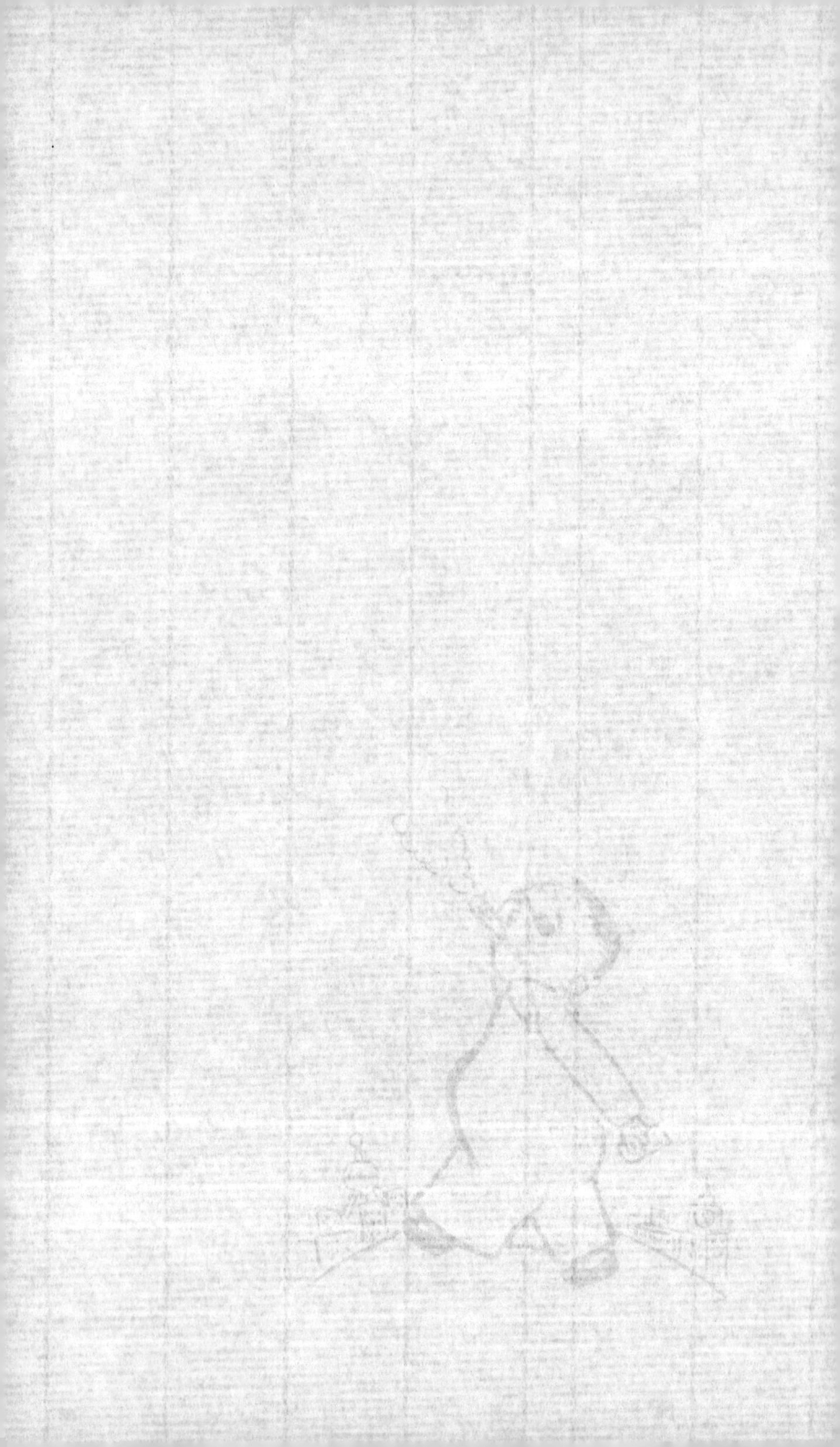

失神之间

在决定荣枯的关键时刻
竟有些失神

之间,生出淡淡的怜悯
那怜悯,一生一灭
使我忽喜忽忧

策马缓行在潜意识边缘
伸手,就能抚摸麦子

漫山遍野的寂寞
松开缰绳,任由那马
朝着与我相反的方向奔跑下去

2017.8.10

自画像

那一天
我锁起了灵魂
穿上定制的套装
三缄其口

青天白云
小河流淌
牛羊遍野
万花向我开放

我看透了世间人事
除了我自己

2015.12.5

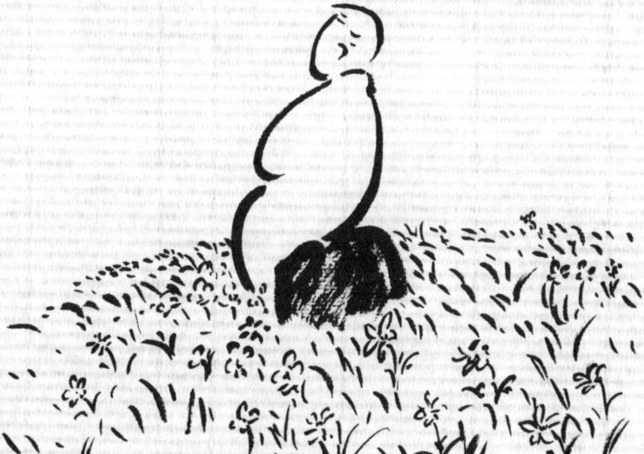

送笋

我去浙东山里
收了几大包笋干
晚上陪妈妈吃笋烧肉

以前奶奶会做酱鸭
每每嘱我分赠亲友
现在只有去送笋干了

2016.5.8 母亲节

窗外的风景

工作室门口有块菜地
三亩见方,绿油油地喜人
菜地边围着一个大工厂
横铁竖栅,烟囱还冒黑烟

离窗户远一点的墙角
有一张大沙发
我更愿意坐在那儿
刚好,只看到那块菜地

2017.7.30

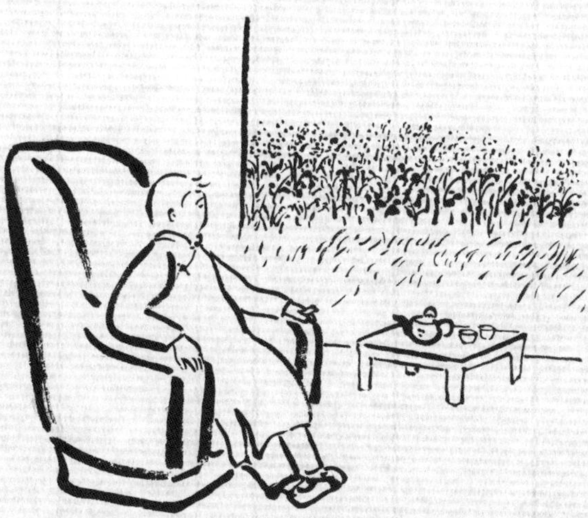

不许动

我的手
不经意地碰到小姐的胸

她突然站起来喝道
"不许动"
柳眉上挑，嘴角下沉
让我想起《渡江侦察记》
令人敬畏的女游击队长

身处大别山老区
一言一行，都要注意
我默默地告诫自己

2017.6.22

七月

西湖里的荷叶
长得比岸上的行人还高
游客们都有了错觉
好像人在西湖中走

西湖里的荷花
更比别处粉嫩
看得少男少女相握的手
都捏紧了一紧

2017.8.4

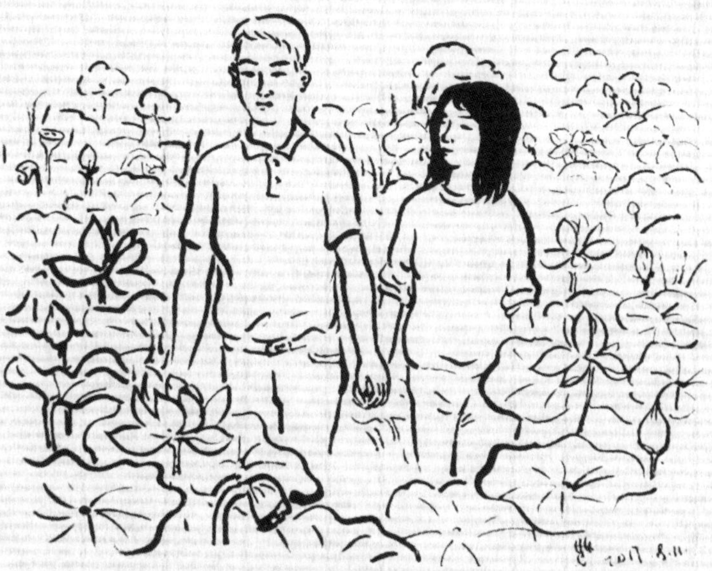
2017.8.11

躲雨

八月的杭城
雷阵雨说来就来
数不到三,街面便全淋湿了

西泠桥上的游人
逃的逃,躲的躲
桥下的慕才亭很快挤满了人

这个平时清静的苏小小孤冢
一下子,热闹了起来
她是希望雨停人散呢,还是雨继续下

2017.8.8

河流

滚滚河流
各自有不同的波浪

汇合而行
变成了相同的波浪

细细察看
终究是不同的波浪

2017.8.15

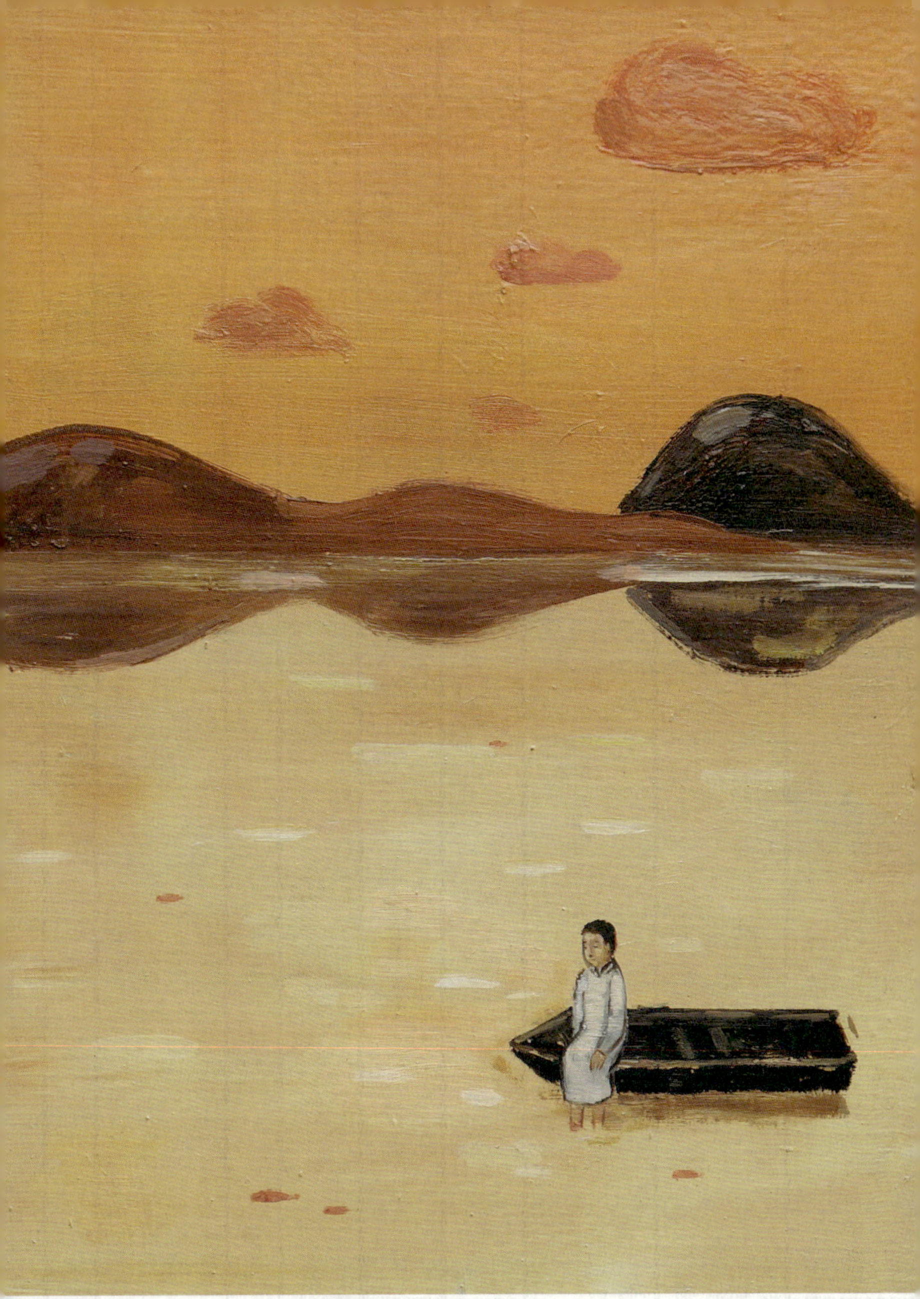

清明

先人墓地,山清水秀
祭完礼,顺道下山踏青

红衣少女,手捧白花
擦肩而过,正上山扫墓

春来了,即使身处墓地
万物都在萌动

2017.4.2

我不送你

朋友,空泛的名字
难道仅仅,是为了
漫漫冬夜里,推门的声音
送来的是炭,是酒
何须多问,先倒一杯热水
人世沧桑,人情冷暖
今晚寒舍,便是你我广厦
朋友,早已有言在先
你走,我不送你

2017.8.17

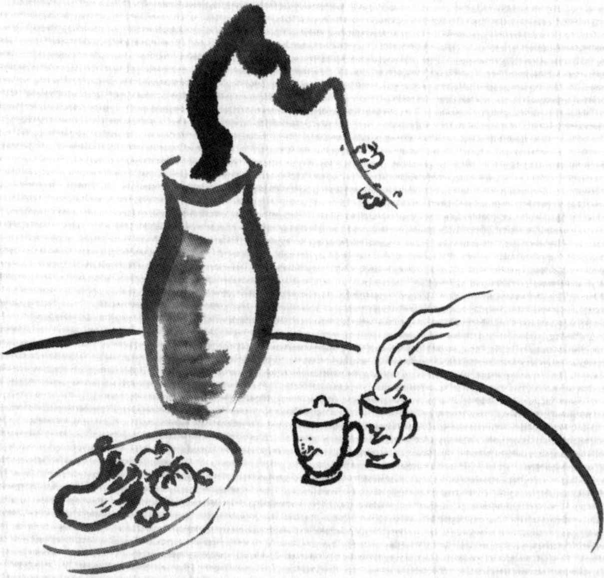

三蝴蝶

午后
躺在园中竹榻
两只燕子在檐上对话
三枚蝴蝶于柳枝中徜徉
一枚花蝶掠过水面而飞
两枚白蝶也穿插着跟了上去

南朝的梁武帝写过
飞飞双蛱蝶,低低两差池
好像是纪念先皇母后的
我却用这三枚恋恋不舍的蝴蝶
记念我的爷爷和两位奶奶

2015.5.11

回答

日本人问我,为什么
中国人吃饭总是大声喧哗
我昂起头回答:热爱生活

我问日本人,为什么
日本人吃饭像开追悼会
日本人低头回答:热爱生活

2016.8.27

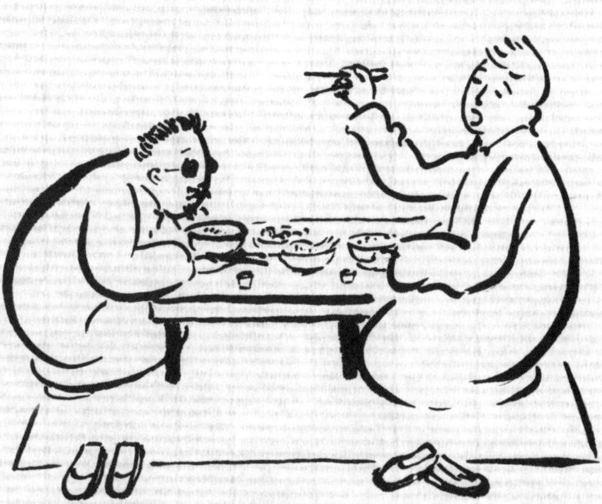

两百年的诗

我想写一首诗,给祖母
随风烧化,飞上夜空
飞向两百年前的故乡

我想写一首诗,给女儿
存在瑞士的某个银行
两百年后才会打开

我想写一首诗,给爱人
到太平洋边放入玻璃瓶
漂去两百年外的小岛

我想写一首诗,给自己
诉说心中所有的秘密
两百年轮回跟自己交个朋友

2016.12.27

他

他是个艺术家
我常去他工作室约会
他总是精疲力竭地创作
创作我这个作品

他是个小男孩
干什么都痴痴迷迷的
我喜欢他在我怀里颤抖
我就是他的迷宫

我一点都不了解他
有时他是个体贴的绅士
有时他是个十足的暴君
他令我着迷

不早了，我要赶回家
烧一桌热腾腾的饭菜
我喜欢看着他狼吞虎咽
吞下我和我的一切

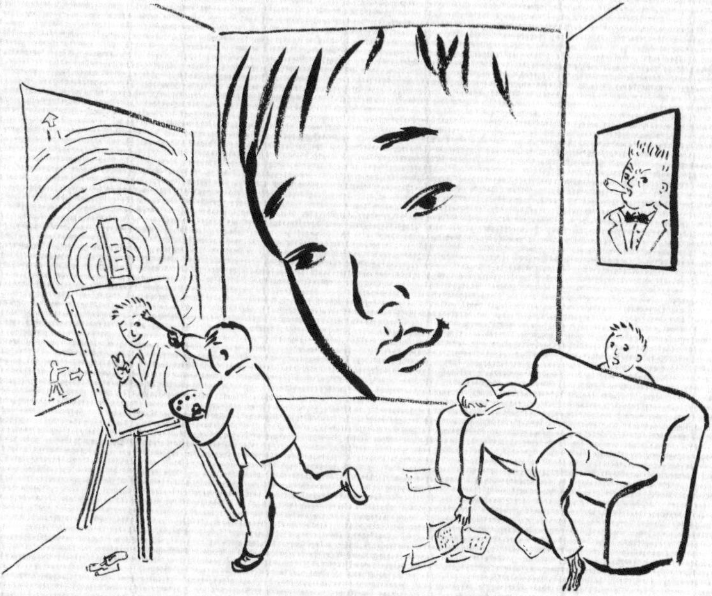

女王

死亡和沉睡
麦布女王的玫瑰花冠
献给你
每月一次的巡阅
陛下的容颜历久弥新
生命的起源之谜
在此开始，于此终结
直到那天
突然面对十亿战士冲锋
女王的权杖轻轻一挥
军队灰飞烟灭
只留下一个最后的俘虏

2015.4.6

〔2〕罗曼蒂克消亡史

罗曼蒂克消亡史

千禧之前
漂亮女孩子还都是劳动者
她们不愿意跟大老板当小秘
也不耻于去夜场上夜班
她们介于两者之间
宾馆，餐厅，医院，商场
国企工厂，事业单位
她们穿衬衫配裙子或牛仔裤
脚上都是一双白跑鞋
她们骑自行车，等公交
站在雨中拦出租
她们挽着男朋友逛南京路
笑着坐在饮食店吃馄饨
她们双双结伴去黄山旅游
在潮湿的旅馆里献给第一个男人

千禧之后
漂亮女人都去了该去的地方
说好了似的

2017.7.29

15号公路

那辆老别克轿车
自动档在方向盘右侧
前排就是一整条皮沙发
皮质暗红,异常柔软
她斜支在我的右腿
正在收听洛杉机唯一的华人电台
听到 F2 家属签证收紧的报道
她整个的身体也在收紧
我用手安慰着她长长的卷发
试图改变她的注意力

她突然开始亲我
携裹着一股成熟女性特有的湿热
阳光下的 15 号公路开始变宽
戈壁沙漠中的零星植物闪着金光
碧蓝的蓝天,一架飞机直直向西

满天都是谁的眼泪在飞
哪一颗是我流过的泪
收音机播着当红华语女星的歌曲
让我瞬间留意到,她正在流泪
浑身都在流泪

2017.1.11

榕树下

我记得,在榕树下
我和她定了情
她还想说着什么话
我轻轻吻了她

我不记得,吻了吗
也许没有爱情
没有榕树,没有她
那是一个好地方

那是一个好地方
我流着泪,回头望
榕树下,她在吗
和我躺着,看云呀

2016.8.18

钩子

朱培军同学的眼神
永远不用一直线看你
她像把小钩子
一下子勾住了魂灵

几十年了,有的男同学
还留着这把钩子

2017.10.25

三八线

初中的同桌
苹果一样红通通的女生
总是对着别人笑
却对我很严肃

当然,我们也划了"三八"线
她一不小心就打过来
我并不在乎
因为她笑得真好看

一年四季,我都在等夏天
铃响前,她总是风风火火进教室
她太热,就用裙子上下扇脸蛋
我看都不敢看

2017.10.23

爱的丛林

她长啊长,越来越长
她还微笑

我小啊小,越变越小
我没有挣扎

她搀起我的小手
向丛林走去

2016.8.5

昙花

昨天
我决定
不再跟人打交道

我已改种昙花
昙花开不开都是花
人却不一定是人

知道昙花只有一现
我等的不是花开
而是重逢

2016.10.29

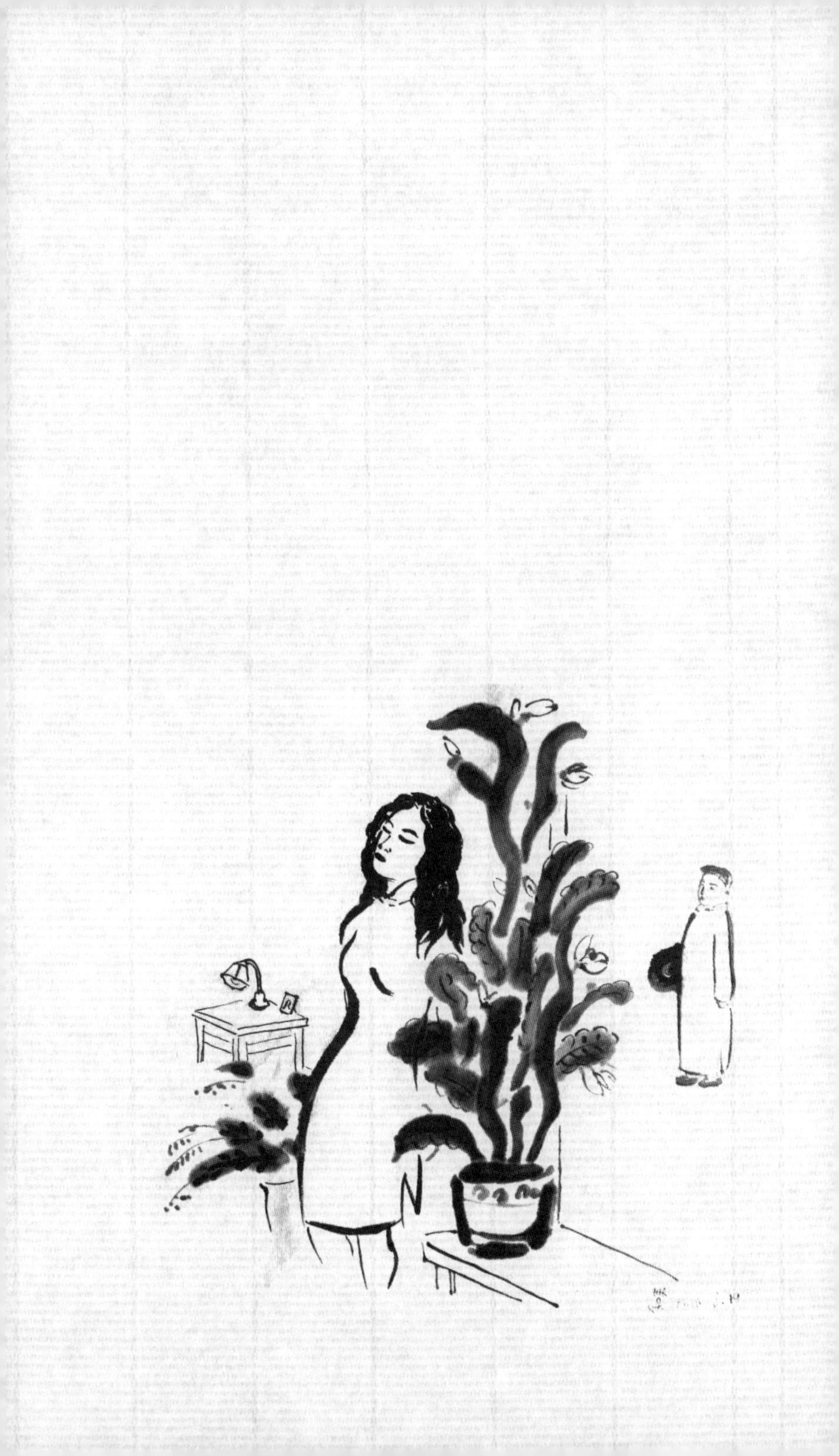

你为什么要假装成一个负心人

女人们都说
你的心不可捉摸
女人们还说
你恋爱从来不超过三年

可女人们是真心爱你
都把你的情诗珍藏
你却让每一个女人坚信
你是天生的负心人

女人们把你传扬
变成一个负心人的故事
可是为什么有人听到
负心人在黑夜里的叹息

2015.10.4

相会

我要是你
就连夜买张机票
赶来相会

人生苦短
一爱难求
何必还如此矜持

我来渡你
花蒂上吻你百般
再做寒暄

2016.8.28

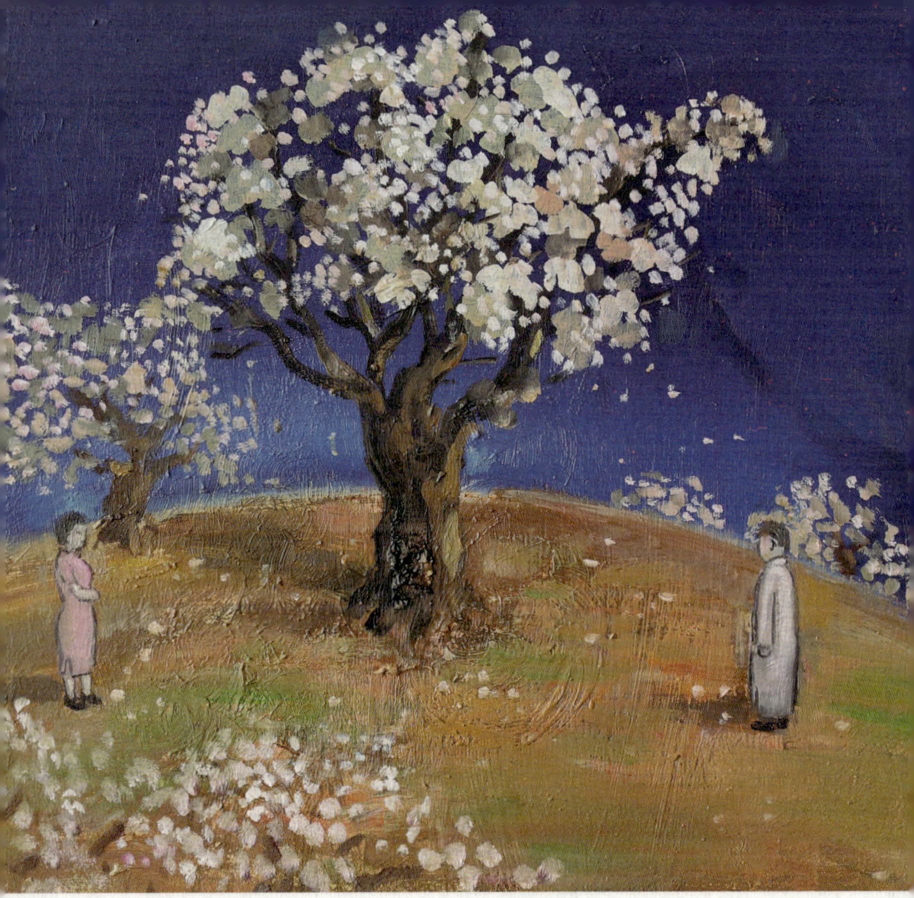

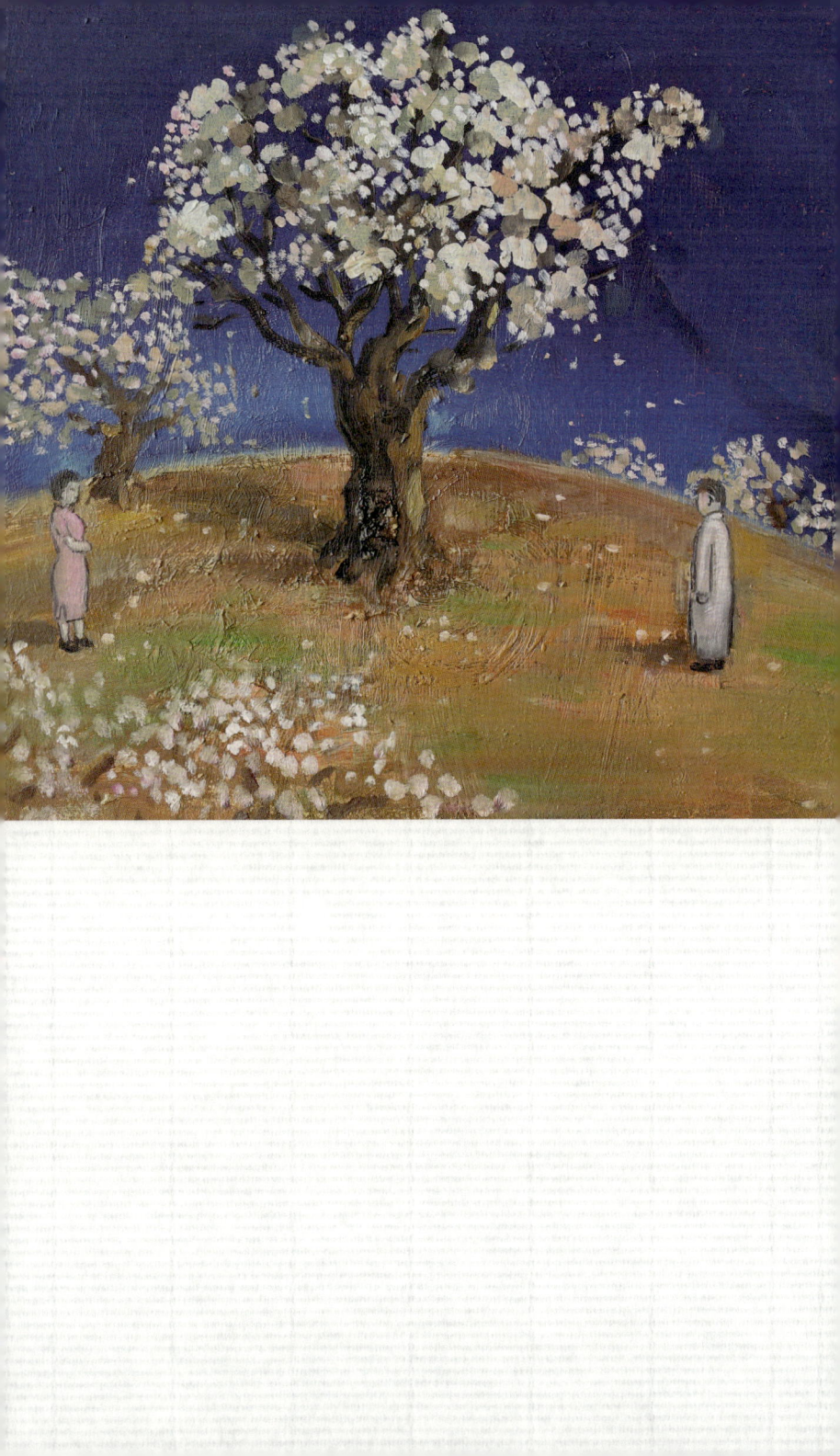

原则

我是个有原则的人
诸如
不找有夫之妇
不抢朋友的女人
之类

所以
根本得不到
惊天动地的浪漫爱情

2018.4.24

奴隶

早就知道这个结果
悲剧般充满希望
再也挣脱不了你的眼神

你眼角渗出毒液
滋养着我心田的罂粟
完全无法抵抗

你的双眼如深夜的湖面
反射出我的影像
分明是一匹瘦弱的白马

面对你无边美丽的黑洞
颤抖的灵魂早已成了你
随心所欲的奴隶

2017.5.20

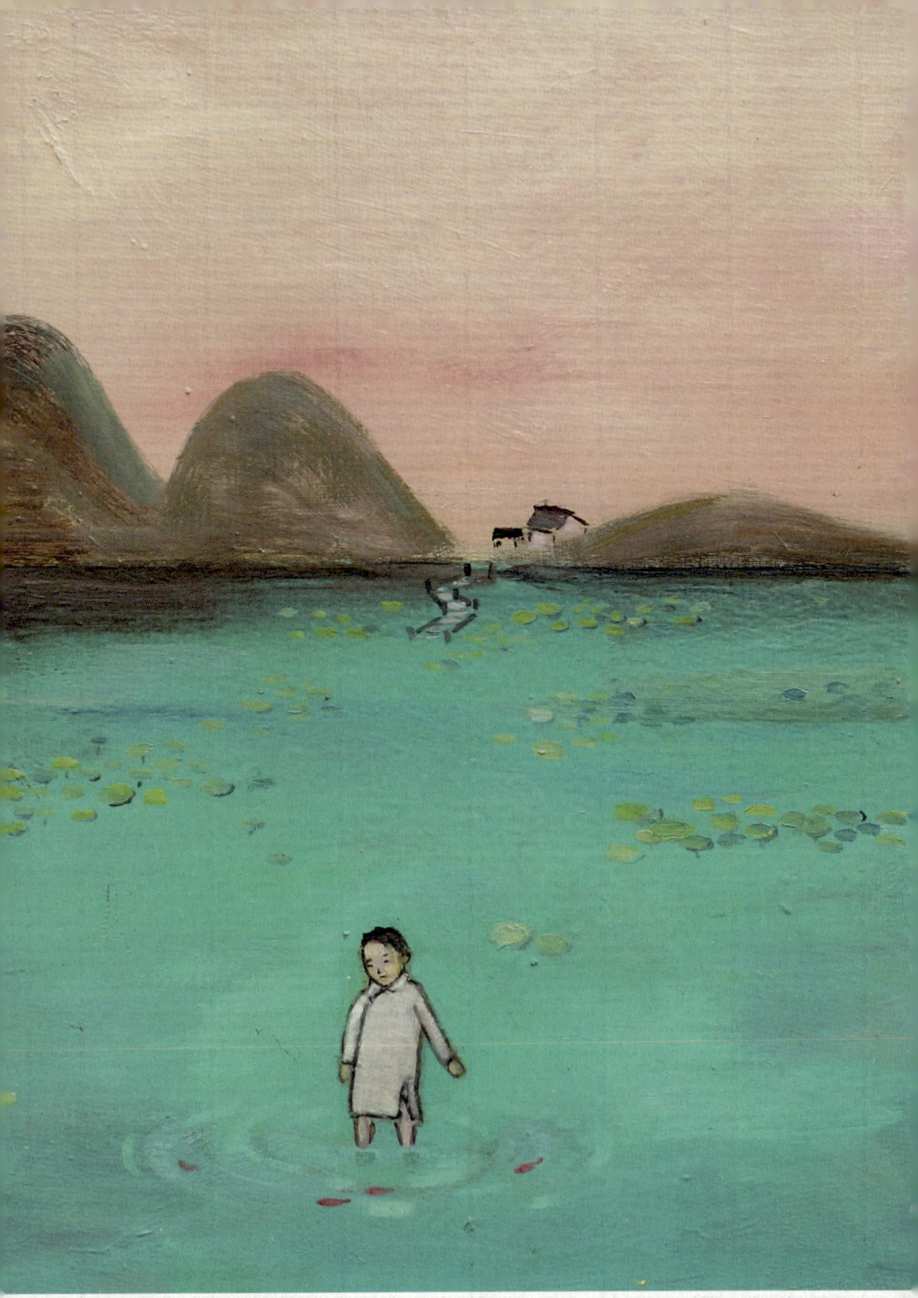

计

终于,我和嫂子定计
让老婆和大哥,做成好事

只有这样,才稍减愧疚
说完,嫂子奇怪地看着远方

我不是没有挣扎,可是
大哥待我太厚,嫂子太美

那晚,大哥在我家喝醉
我独自出门时,老婆的眼神并无哀怨

再见面,大哥第一句话居然是
让你嫂子知道,咋办

2016.7.31

黑洞

宇宙的左边,是面大镜子
一个像我的男孩在奔跑

右边,一团紫色的雾
白裙子女人不停旋转着跳舞

我被向后拉着,无法阻止
离恒星的光亮越来越远

她的手紧紧地拉住我的手
把我整个儿抱紧,飞向黑洞

2016.8.5

当感受到爱

请不要按下,快进键
之后的,也许会变得难堪

也不要选择,回看键
人生要往前走,不是吗

要是我,就按暂停键
沉醉在,虚无的爱央子里

2017.1.3

潘洛斯阶梯

A 和 B 相爱了
C 感到痛苦
D 安慰 C，并发生了关系
B 鄙视 D 的行为

A 和 B 分手了
C 感到兴奋
D 去见 C，并表示很后悔
B 最后跟了 D

2017.7.20

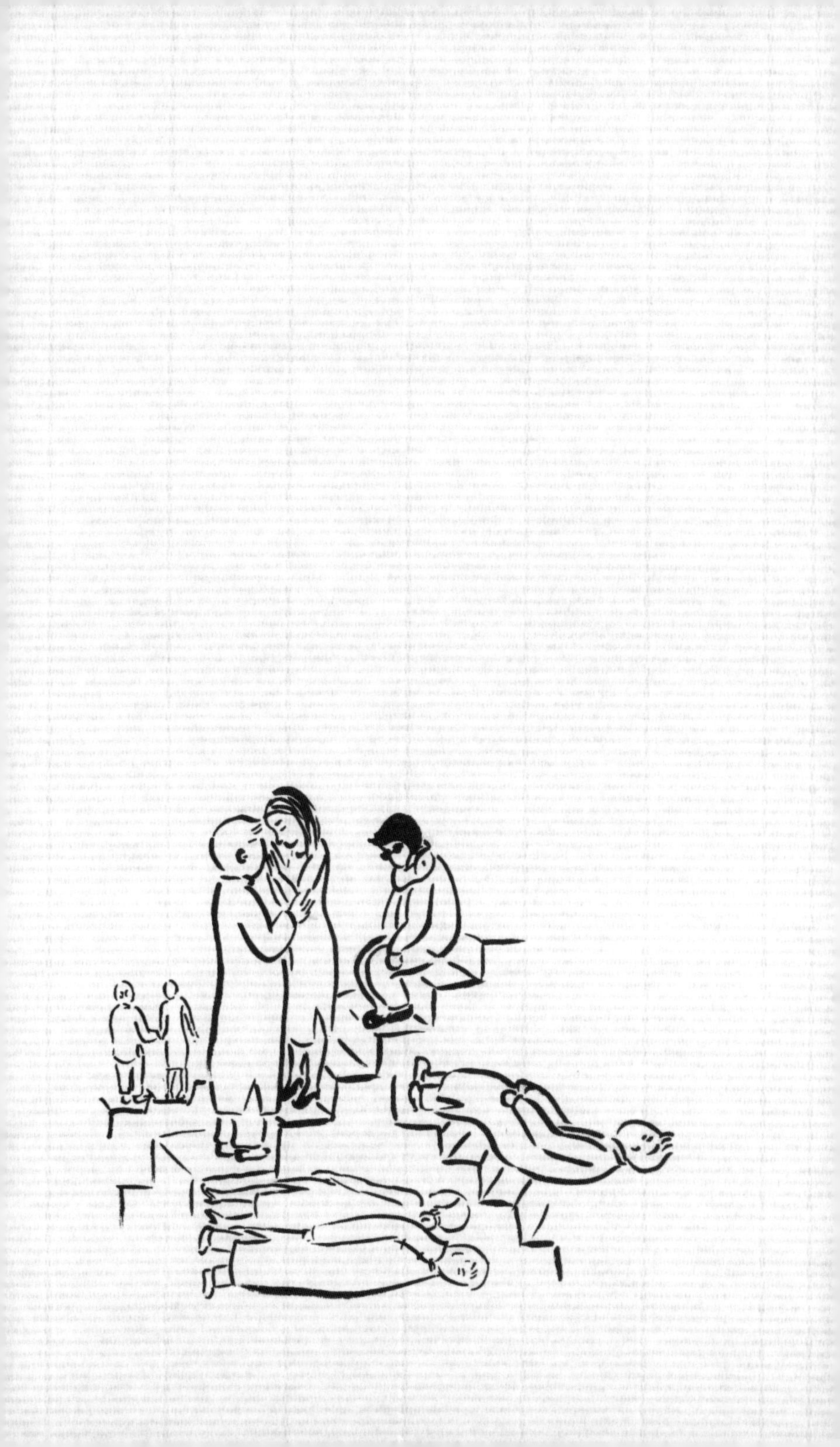

坐在铁轨上的女人

她用上唇
抿了抿下唇的口红
侧转身
面对呼啸而来的命运

就像
一个出嫁的新娘
即将摆脱了一切苦难
迎接幸福

2017.6.17

石榴

二表姐善画花卉翎毛
我讨了一张婀娜的石榴图
挂在书房的墙上

父亲见了很不高兴
说石榴虽美,树不成材
命我立刻从墙上取下

园子里的石榴红了三十回
每次都好像见到一晃而过
二表姐蕊珠似火的裙子

2016.6.7

牡丹亭

第一次来牡丹亭
樱花正落,恰是江南五月天
少女长发,白色T恤
盘膝坐在台阶,手捧情诗
偶尔咬唇,若有所思

第二次来牡丹亭
守了个阴雨天,回头萧瑟
良辰美景不在,只有鹧鸪飞去
听远处离人,吹哀哀的尺八
低头,捡起一片香魂

第三次来牡丹亭
是个不明不灭的琉璃天
一切人事,皆是梦中一般
柱子上,激光打出对联
相思莫相负,亭上三生路

2016.7.20

杜十娘

沉了百宝箱
沉了杜十娘
沉了春光院的春光
沉了翰林院的翰林
沉了鸨儿爱钞
沉了姐儿爱俏
沉了八百年前的小小
沉了五百年后的凤仙
沉了读书人的廉耻
沉了青楼女的贞洁

2016.7.23

白蛇传

那一年晚秋，称为南宋
那一次暮归，名叫许仙

小孤山东头，转出一介书生
踏青石，上断桥，过千年

有一种相遇，油伞青衣
有一念执爱，穿着素白

少女骑自行车倒在了桥头
"啊，姐姐，小生来迟了"

2016.7.24

珍珠塔

生在水里的珍珠
修成宝塔,总归易碎

唱了两千年的道情
还是唱不完,人情冷暖

丈母娘放心,知道上海的规矩
小婿的公司,已经上市了

2016.7.24

吻

够了,够了
足够了

那四月昆明
遍开的桃花
一吻间
都闭上了朵儿

2016.3.26

王爱

那些伟大的帝王
喜欢的都是奇女子
他们把城池随手丢弃
就为了博美人一笑
其实他们何曾为美貌动心
却是那种绝不自知的
纯粹爱情
不爱江山爱美人的事儿
都是因为那些骄傲的男人
江山易得
美人易得
爱不易得

2016.8.13

爱人

他从不带她外出
害怕她看上别的男人
他喜欢痴痴地被她凝视

他们相爱了很久
直到他的头发变得稀少
直到她的塑胶开始脱落

2016.6.12

三月街

在遥远的大理古国
每年三月十五
白族男女聚于三月街
自由选择爱情

我寻踪而至
三月街居然犹存古风
站在各色欢场门口
远望苍山,我竟忧伤

2016,3.29

化

坐在塔佩老城门下
嘬一口泰北咖啡
缓缓吐出两个烟圈
阳光虽烈,我却在荫
暖暖的风,任性轻拂
拂得我整个儿,都化了
要求企求追求,都化了
冰淇淋,也化了
没化的只有泰妹
乌黑乌黑的眼睛

2016.3.8

雏菊

我从隔壁弄堂的老虎窗
爬上屋顶,趴着瓦片望去

扎着两尾小辫子的女生
正坐在窗边认真地写作业

阳光从我背上斜照过去
照在窗台上那盆白色雏菊

2016.6.16

海鸥

巨大的邮轮驶出近海
穿过一条绵长水绳
一半绿色,一半蓝色
众人惊叹大自然的神奇
我和她却在套房的露台上
向大自然尽情展现
来自人性的各种美妙
我们极尽汹涌,反复高潮
一只红喙海鸥站在船栏
始终看着我们

呜——呜——呜——
邮轮向大洋深处游弋
太阳如油画般,往海里沉
船尾海鸥饱食之后散去
我正躺在榻上抽雪茄
看着那只白羽红喙的小家伙
啄吃杯子里的冰淇淋
正担心它回不了岸
它恋恋看了我一眼,一甩头
飞进了那半个夕阳

2016.1.11

等待

女士从黑暗里走进来
刮风下雨,从不迟到
与一杯黑咖啡,在酒店大堂等待

四季酒店的老客们
没有人见过她等到过谁
女士却优雅地,等待着她的等待

某天,来了位顶班的钢琴师
一首"忧郁的星期天"之后
老客们就再也没有见到等待

2016.7.4

念

一人起念,为爱
对方亦起念,为情
爱短,情长

起一念,一刹那
刹那与永恒,隔着
念念不忘

2016.6.24

楼外楼上的女孩

那女孩就坐在对面
按照她的长相
绝对应该戴一副香奈儿墨镜
扬起的无名指上配三克拉 GIA 美钻

衣着可以穿嫩点儿的 Lulu
手提包却一定是爱马仕 Birkin
最后，习惯性往下看腿脚
没有看到 RV 那个亮晶晶的方块

她突然站起身来
凝起眉，看了一眼手表
把头往左轻甩
再用手把长发捎到右耳朵后面

她居然向我走过来
天使般展开笑容
我才意识到，女孩多么地纯洁
纯洁得使我，和我上面提到的物质都不存在了

2018.3.28

苏州遇见杭州

杭州姑娘坐在我对桌
苏州山塘街松鹤楼上

我说
我去对面酒吧抽雪茄
她说
吃完也许去找你喝酒

酒吧名字叫天上彩云
我独坐了一个晚上
出门时天上只有乌云
伴着小雨

2017.12.28

湘妹子

春天的剪子,绞碎一濛
离人的瘦雨

我落脚很轻,怕踏坏了
前生的春草

对家发廊的长发湘妹子
好几天没唱歌了

2016.2.4

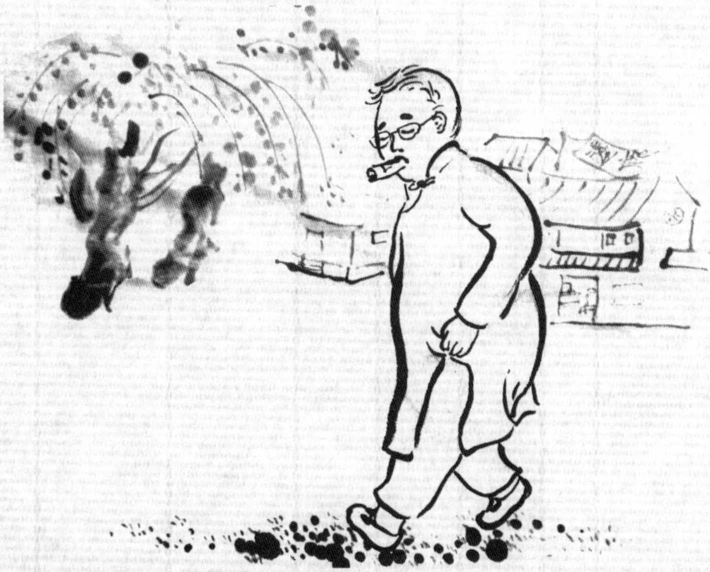

丽芬

丽芬斜坐在我对面
阳光斜照过去
没有看到里面戴胸罩
奇妙的自信支配着苗条的身段
一直苗条到赤着的脚丫
也露出骨感的美

黑发如漆的刘丽芬
竟然没有男朋友
这让我生出迷一样的性趣

2016.11.14

雨夜

一到下雨天的晚上
就会想起她来

窗外淅淅沥沥的雨
都打在了我的心头
那么多年过去
快想不起她的面貌了
思念的情绪却还在滋长
并生出一阵阵痛苦
痛苦来自她无情地抛弃我

我本应恨她
但是越来越感受不到恨意
有的只是后悔和内疚
内疚没有给她更多
内疚没有勇气追她回来
内疚屈服于现实

有时候会回忆起一些真相
也许是我先离开的她
有些片段是她哭着求我
还有雨中的那一个耳光
想起这些又开始痛苦
雨水一条条从窗玻璃挂下
看不清窗外的世界

2017.12.16

2017.8.15.

少女阿改

1
傍晚，风好大
裹挟着我
心里的那些落叶

北京东路西
一盏路灯也没有
为我点亮

2
听说深秋的西湖很美
断桥下有绿绿的残荷

听说你身子一向单薄
我备了条厚厚的围巾

3
少女般洁白的床单上
侧躺着少女阿改
她凝视窗外的蓝天
没有注意到我的存在

4
窗外杨柳枝头
栖着一只黄鹂
旁若无人地鸣唱
唱得刚发芽的柳枝嫩绿嫩绿的

5
窗台下有一张老书桌
右边有两个抽屉的那种
有只蜗牛,背着它的家
正在桌上歇脚

6
蜗牛下面,压着一张照片
照片上的少女
满怀期待地看着我
若有所思

7
我的朋友小说家赵刚
一直说,要把阿仁的女儿
阿改介绍给我认识
说是:天生的一对

8
因为赵刚说：阿改在杭州
我就经常去杭州
装着扫苏小小的墓
想要在西泠桥堍遇上阿改

9
也会在下小雨,人少的时候
上山去灵隐寺烧香
磕头起来,总是望望左面
可有虔诚的纤瘦少女

10
赵刚又说,阿改有些忧郁
最近不想见人
听到少女阿改的消息
我的心跳得很快

2016.10.25

桂林小姐

敲门声响起
走进一位年轻女子
纤瘦
并不漂亮

有人摇头
有人装作看手机
那女子
显得十分尴尬

我说
来
我喜欢
今晚我们作伴

她朝我
微笑
眼神中
有一些温暖

2015.11.5

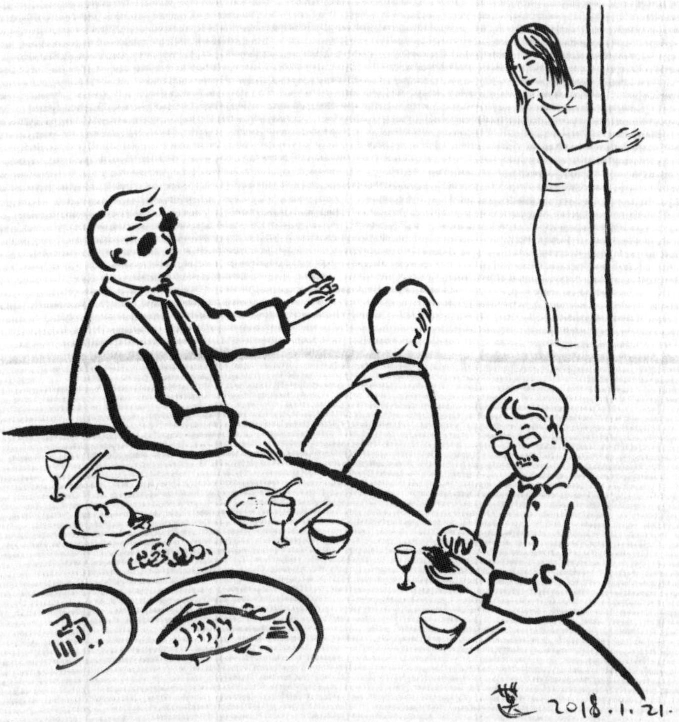
2018.1.21.

水仙少女

北地温暖的阳光,照着
一个南方少女的葱指
正雕刻一枚水仙

水仙被少女放入大海碗
宛如翩翩的无肠公子
她忽然,恋爱了

2016.2.9

昆曲

啊，姐姐

为赶上小姐的云步
先唤一声：小生来迟了

踏准了两百年前的鼓板
追上三百年横吹的叠颤
等四百年后回眸的哀怨

那些个风啊雪啊相思啊
被成王败寇，削成断井颓垣
只要东南风悄悄一吹
新柳又去拂了牡丹亭的旧栏

鹊鸣催客早，晨起梳栊妙
推窗问海棠，昨夜开多少

2017.10.28

不系舟

谷雨后的西湖水
嫩绿，嫩绿的
微波泛起点点柳絮
如镜子里的反光

舟过郭庄邀月台
有少女，穿白色连衣裙
折身坐在石凳上
正照着湖水扎小辫子

我命橹工赶快靠岸
却见邀月轩中转出少年
先我一步上去搭讪
居然，说得少女掩嘴而笑

西湖的橹工很见机
不再往岸边划
船很快钻过卧龙桥洞
还是能听见那少女的笑声

2017.5.1

你，我，她

醒来
侧去左枕
右手推开微信大门
友情爱情亲情
先打招呼

你我和她
从来没有大事
只是些，为什么
我喜欢，和，他走了

2018.7.21

〔3〕注定沉沦

注定沉沦

他们用香槟王来迎宾
鱼子酱上必须微微涂上奶油
开胃酒精心挑选查理曼干白
贝隆蚝只允许滴上一滴柠檬

在正餐没有开始之前
我竟然不知所措了
世上有多少贫困和无助
哪里轮得到我这个卑微的幸运儿
透支奢靡

我想奋然站起来呵叱
炭烤皇帝蟹带着无法拒绝的香味
配波尔多之王红颜容干红
令我今夜注定沉沦

2015.6.24

汉人

北风瑟瑟,箫声咽咽
黄河故道,树木凋零

那时候,还是炎黄种子
宋襄公,宽袍大氅
不击半渡,宁为玉碎

河山依旧,赤子无存
只剩下拟旨的军机大臣
和内务府总管的子子孙孙

留发不留头,留头不留发
留下来的只有奴才遵旨
留下来的只有万岁万万岁

好想,在北宋的细雨中
读一读《醉翁亭记》
一边,想象汉人模样

2017.7.20

下午茶

伦敦西区
牛津街一转
看到丽晶公园
对面就是我喝茶的地方
朗庭酒店

骨瓷杯碟，银质茶壶，过滤网
茶盘，茶匙，茶刀
三层点心架，饼干夹，水果盘
糖罐、奶盅、切柠檬器
每件茶器擦得锃亮，银光闪闪

在野蛮禁烟时代之前
我总在下午抽一支 52 环径雪茄
坐在那架蓝色三角钢琴左侧
等着好久不来的柯南道尔说
您可以打电话到朗廷酒店找我

2017.7.30

至暗时刻

我正坐在电影院第一排
观看二战影片《至暗时刻》
当主角丘吉尔出场时
我点燃了雪茄

观众几乎一致判我：离场
只有一个胖胖的老头
从黑暗的后排站起来喊道
给我来一支雪茄

2017.12.5

等待黑夜

等待黑夜再一次来临
滋生出这莫名的窃喜

放出的风筝等着收线
残留的烟灰需要处理

太多破绽会重新掩饰
满身油渍须擦洗干净

欲望造了一座加油站
谎言躲进新的避难所

古代圣贤释放出道德
美好的音乐净化灵魂

黑夜过后,又要面对
白天,那苍白的老脸

2016.6.28

月亮

月亮一直照着我
照着手中翻开的史记
照进破碎的王帐
那位伴着楚歌起舞的美人
正对月亮流泪

月亮一直照着我
照着清澈的开始放大的瞳孔
午门前礼炮隆隆
人们手拉着手围坐在一起
迎接寒冬的来临

月亮一直照着我
照着我身边的两位祖母
恋恋不舍地站在月光的中央
我让她们坐下
太阳很久才会出来换上月亮

月亮一直照着我
满怀期待却无怨言
为了终将到来的光明
情愿停留在这片古老的大地
一等就等了五千年

2017.5.7

今夜,月光明亮

今夜,月光明亮
使我心生不安

多年以前,就习惯
在满月的日子,拉上窗帘
控制住各种美好的拉拢和引诱
消解对圆满的任何企图

我会在朔月的亥时
欣赏一层层乌云把月光锁死
我会趁着晦月的子时
坐在漆黑的院子里想念情人

今夜,月光如此明亮
竟让我生出一种异样的冲动
想要打开窗子,把灵魂拿出去
放进月光里洗一洗,擦一擦

可这会儿,又起了风
从西北方向吹来了厚厚的黑云
月亮无力抵抗
大地重归黑暗,重归我的掌握

2017.11.5

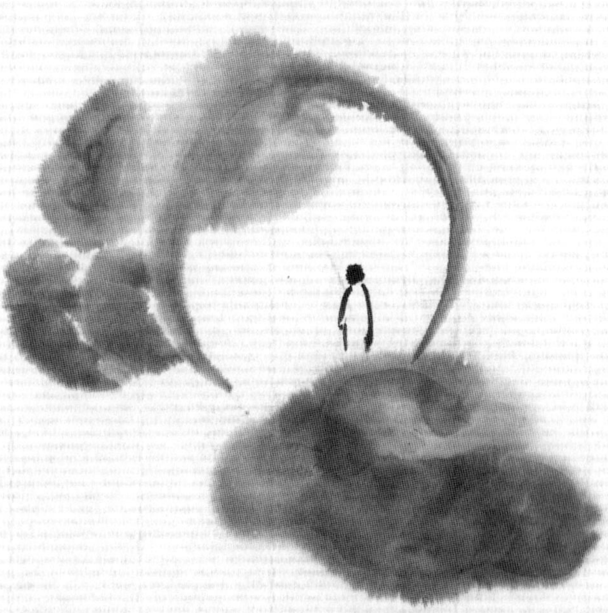

富恩特雪茄 - 作品 xxx

巧克力，奶酪，胡椒，皮革
都抢着粉墨登场
却依次谢幕
只有雪茄的异香有始有终
深吸一口入肺
哈，经过热气烘托
散发出成年干邑的特有醇香
闭上眼睛，将雪茄移近
明明是女性高潮后丝丝狐臭
一闪而过，难以捕捉
然后的半个小时
我的嗅觉和味觉被不断折磨
打开，轻抚，刺激，再轻抚
终于，闻到了炽热的岩浆
从身体的暗道即将喷发
不，不，要让她冷静下来
冷下来一点儿的雪茄尾段
才能体味窈窕美人的细幼处

2018.10.30

麦克白

三只乌鸦从杨树梢飞起来
一群赤裸的人穿过马路

肮脏的街道,横着竖着穿过
空无一人的高楼大厦

所有汽车都停在路边
车顶上满是乌鸦的粪便

没有狗,没有猫,没有宠物
没有歌声,没有音乐

街角,一堆人围着咀嚼骨头
找不见任何残骸

天上下起雨,是红色的粘液
把大地染得红透红透

有个无头的骑士,仗剑叫着
麦克白,麦克白

2017.9.22

怀念

我怀念

失恋的爱情
逝去的岁月
离开的亲人
画了很久的油画
失败的小说
没有写完的诗
尚未到过的村庄
空气稀薄的雪山
梦想的圣地

我要用我的一生
怀念着怀念
哪怕坐上轮椅
腿上盖了张毯子
脸部失去了表情
我的眼神,仍然
充满了怀念
用这怀念
就足以度过余生

2017.7.2

六月

睡不着
就坐着看月亮

月光晦涩
大地无容

柳树俯首听命
得过且过

竹子被修理整齐
死气沉沉

一只独眼狗
恶狠狠地准备吠叫

空气中弥漫着病菌
没有一丝风

时间静止般过去
终于没有听到狗叫

不会有什么消息了
睡了吧

2017.6.12

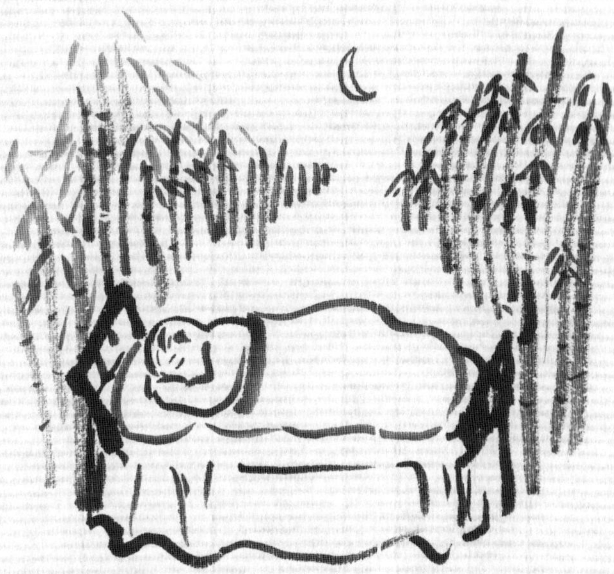

小灰

那天，雨下得很大
是她打开了门，请我进去
我很感激，也很害怕

我们的感情，发展得很快
为了让我不在下雨天徘徊
她帮我买了漂亮的房子

后来，她的丈夫发现了
发誓说：迟早要弄死我
她求她丈夫，哭得像个泪人

丈夫辱骂她，还打她
我的神经崩溃，丧失了理智
冲进屋里，撕裂她丈夫的咽喉

死刑，可我并不害怕
行刑的傍晚，她带了个黑布袋
把我的头和灵魂，一起带走

2017.4.19

湮灭

泡杯红茶点支雪茄吧
思想已被剥夺
别再委屈了肉体
提头而行纵情欢爱吧
至少在这段漫长的黑夜里
争取物质不被湮灭

2015.8.15

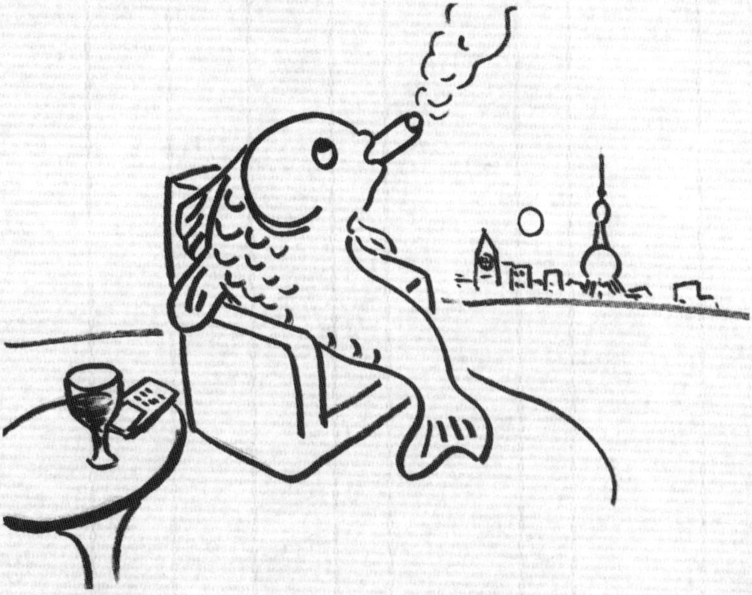

雪茄

咔嚓一声
雪茄在断头台上恢复了呼吸

火焰激发出烟草的荷尔蒙
探戈般舞动的古老香气
伺机侵入人体内鲜活的秘道

时间被反复吐纳
只有雪茄客,才能复辟称王

2017.12.4

失眠

如此长夜
怎是美酒雪茄
骗得过去

关上灯
闭了任督二脉
还灵魂清白

提一口气
骂一声：册那*
删了我吧

2016.2.20

*册那，上海话中常用的发泄词。

烟

我掸掉裤腿上的粘尘
点燃一支52环径的雪茄
嘬两口浅的,再吸一口深的
让整个古巴绕着鼻腔穿梭
我探索到十三种味觉
和二十一种嗅觉
留一些去到肺里
其他白烟则袅袅吹出
突然看见
美女随烟婀娜
然后随烟散去
是啊,我对着雪茄说
哪有不散的烟啊

2015.10.5

雪茄客

真正雪茄客
提握呼吸之间已为一体
前段雪茄向你谄媚
末段雪茄为你鞠躬
他的短暂生命
因你留香

2015.5.4

在雪茄俱乐部抽香烟

那个经理飞扑过去
制止了试图点燃香烟的人

所有眼光立刻投票
陪审团的意见一致:流放

2017.1.12

斗士

我抽了廿几年雪茄
几乎忘记了雪茄是位真正的斗士

他追随切格瓦拉于美洲丛林
以彻底批判的激情
吸一口烟
如粥一样地杀掉一切反动者

他支持丘吉尔对抗暴政
一起战胜了不可一世的纳粹
也一起败给了黑暗无边的抑郁症
吹一口烟
他们共同面对了死亡

他的最后一次荣耀
献给了一位叫克林顿的美国总统
还听见了那白宫实习生的呻吟
吐一口烟
他们相伴度过了历史上最辉煌的美利坚

噢！雪茄
真的不忍把你带入日趋下流的
当代

2015.10.19

勇气

5月8号那天
我点燃了珍藏许久
称为温斯顿·丘吉尔的雪茄
巨大的56标环上写道

没有最终的成功
没有致命的失败
最可贵的是继续前进的勇气

2018 .5 .8

叹兮

好一口叹兮
穿越了大江南北
穿过了汉云唐烟
穿透了权力暴力
如果你是困在塔上的公主
我愿白马银剑来救
如果你是那多情的老皇
我会在七月七日化为爱妃
寂寞陪伴在三十三界忉利天
如果你们已经道路以目
我愿舍弃王冠
哪怕最后被国人放逐天涯
我就是不忍听你叹兮

2015.5.28

灰白时光

每年,我都买不少雪茄
金屋藏娇
一藏,就是五年

对了
我只抽五年以上的雪茄
五年又五年,如此往复

是啊
最好的青春,美妙的时光
在一圈白一圈灰的年轮里

燃过了雪茄的中段

2017.11.24

从前和现在

我看到商人守着他的财富
总是在提防帐房拿回扣
还要提防老婆偷汉子
天天睡不好觉

我看到男人抱着他的女人
女人姿色平庸,气质普通
他却当成了公主
抱得真紧,生怕别人来抢

我看到作家顾赏自己作品
摇头晃脑,自我陶醉
然后秘不示人
绝不允许被别人偷走灵感

我看到政客宣布政治决定
慷慨激昂,不可一世
连他自己也被自己打动
世界因他一人改变

我看到渔夫刚从大海回航
因为可怜的收获而叹息
他的孙子在向海里扔石子
渴望快点长大去征服大海

2017.12.27

夜访

丙申年乙未月中伏夜
江南炎热，欲睡不得
一只长足花蚊，裹着潮气
侵入卧室，顿有主客易位之势
无奈迁地为良，驱车出行
夜访苏州诗院山长祁国

祁国会我于诗院西南角之慧亭
酒过三巡，诗意盎然
亭下湖水，月上丹桂，恍非人间
幽暗灯火之下，硕大的祁国
长发短袍，仰望星空
竟让我生出，使君与操的幻觉

2016.8.8

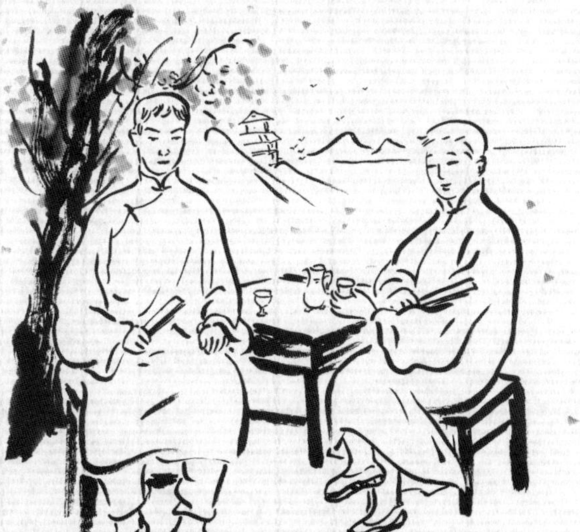
2018.1.20.

说服

用了好长时间
说服自己
不是那个英雄

用了好长时间
说服自己
不是那个才子

用了好长时间
说服自己
不是那个情圣

用了好长时间
说服自己
不是那个商业天才

用了好长时间
说服自己
不是那个天降大任的人

用了好长时间
说服自己
不如继续假装写诗

2017.7.10

窗下

要等到秋天
太阳才会在下午三点半
侧脸照着二楼窗下的这张桌子
这是它最美好的时候

红色格子台布对角铺了两层
一小杯喝完的浓缩咖啡,对面
玻璃水杯里沉着一片柠檬
晚来的女士显然还没有点单

也许怀孕了,也许在生气
男士的香烟一阵阵飘过
带着焦虑的味道,呛人咳嗽
女士依然沉默,还是没有点单

阳光携着时间,慢慢向右绕去
男士已经完全晒不到太阳
一阵秋风,吹乱了他的头发
他的手机忽然响了

桌子又空了出来
咖啡和水杯都被收掉了
桌子底下有颗烟头还在冒烟
桌子的上方就是那扇半开的小窗

2017.5.11

诗人

如果后人传颂你
我会告诉他们
你把汉语带到了大海
再沿着诗意的干涸河床
重回家园

如果后人传颂你
我会告诉他们
那是个没有英雄的时代
灰色的雾霾笼罩着大地
没有一盏灯为你照明

如果后人传颂你
我会怯怯耳语
别告诉你的真实身份
他们会欺骗你，折磨你
直到你变成了同伙

如果后人传颂你
我会告诉他们
在你的桂冠之下
他们的所有文字努力
都显得苍白无力

如果后人传颂你
我会告诉他们
在漫长的诗歌光年里
你曾是一颗最亮的流星
划过黑夜

2016.1.8

冬天去南京吧

冬天,就去南京吧
找一个被遗忘的民国建筑
那种质朴的装饰主义建筑
总有一个朝西南的小院子
栽着一棵老雪松的那种院子

冬天,就去南京吧
路上的男人都穿着厚布棉袄
还围着长长的围巾
那里的男子都有诗人的气质
气度安静,眼神悠远

冬天,就去南京吧
巷子里走出来的女子脚步轻盈
见到陌生人都会心地微笑
她们一律地留着长发
有的披肩,有的绾起

冬天,就去南京吧
看栖霞红叶,听玄武旧涛
然后就去找找灵隐小路 11 号
朵上,据说还续着东南的文脉
一不小心,就踏进民国地界

2016.1.5

南京今夜无雪

曹雪芹的祖父雅集江宁
那一天恰是隆冬风雪夜

洪升的长生殿正演到"弹词"一折
十二曲首曲《南吕一枝花》
"今日个流落天涯,只留得琵琶在"
李龟年唱出这段,门外也是鹅毛雪

"风一更,雪一更,聒碎乡心梦不成"
纳兰公子采风金陵遇漫天飞雪那晚
写下了妙句,公子身在高门
却常有山泽鱼鸟之思,令人神往

陆渔郎四九寒冬拥才子美人于朵上
裘轻炉暖酒酣,不知何地何年
客至皆呼冷冷,想是早已厚雪封门
既然雪夜留人,不如拥燕入衾

2016.1.18

2018.2.10.

〔4〕吹风的人

吹风的人

泡完澡
他对着镜子吹头发
看到那个熟悉的肥胖裸体
生出一种无力感

习惯了每天
他都对着镜子吹头发
好像他从来就是胖的
可照片上的年轻人是瘦的

也许热水泡得太久
血糖降低造成了虚弱
对方也在用无力的眼神看他
这样子过了多少年

他猛然关掉吹风机和电灯
月光只照到脚边
他长长地叹了口气
镜子里的人却悄无声息

2016.4.27

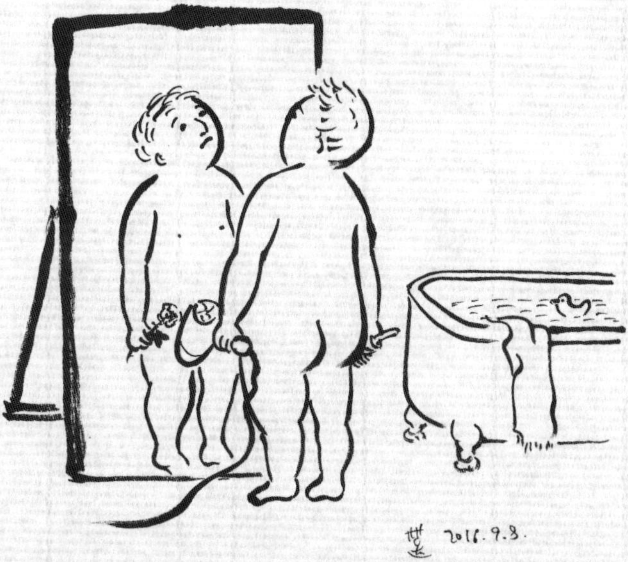
2016.9.8.

扫墓

祖父母过世多年
扫墓变成了家族聚会
墓碑擦得像面镜子
叔伯们蹒跚的老态
正照着镜子里的自己
连咳嗽声都一样
侵吞了遗产的小叔叔
用提防的眼神斜过来
这眼神多么熟悉啊
那一年我赶走了创业伙伴

2016.4.1

活着

醒来的时候
头疼欲裂、难以站立
到处是漂亮的衣裳
床上,地上,沙发上
横七竖八躺着男男女女
红酒洒在洁白的大理石上
剩余的食物开始变质
过夜的香水令人作呕

我清楚地知道
为了保持一切延续
我必须摆好姿势,继续
挥霍金钱,透支良心
一边说,人终须一死
一边想,我还活着

2017.9.25

小岛

我换着不同的姿势
拼命游向前面的小岛

耗尽了最后一点力气
快游不动了

小岛还在前方
我无力划水,逐渐下沉

为什么要去那小岛
我根本不会游泳

2017.9.22

朋友

饮下,半壶杏花村
又回到,明月下
五百年前的弃庙
八百年后流不尽的江水
你赋诗,我酹月
问一声朋友:来世还约何处

千年真快,不就是
与友分酌,一壶杏花村

2017.8.18

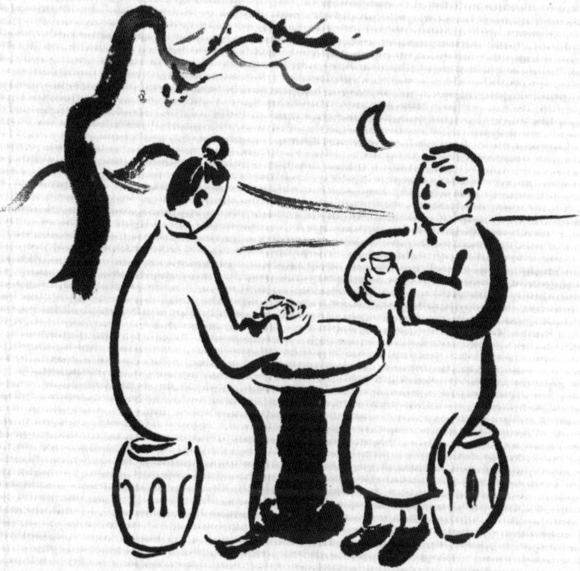

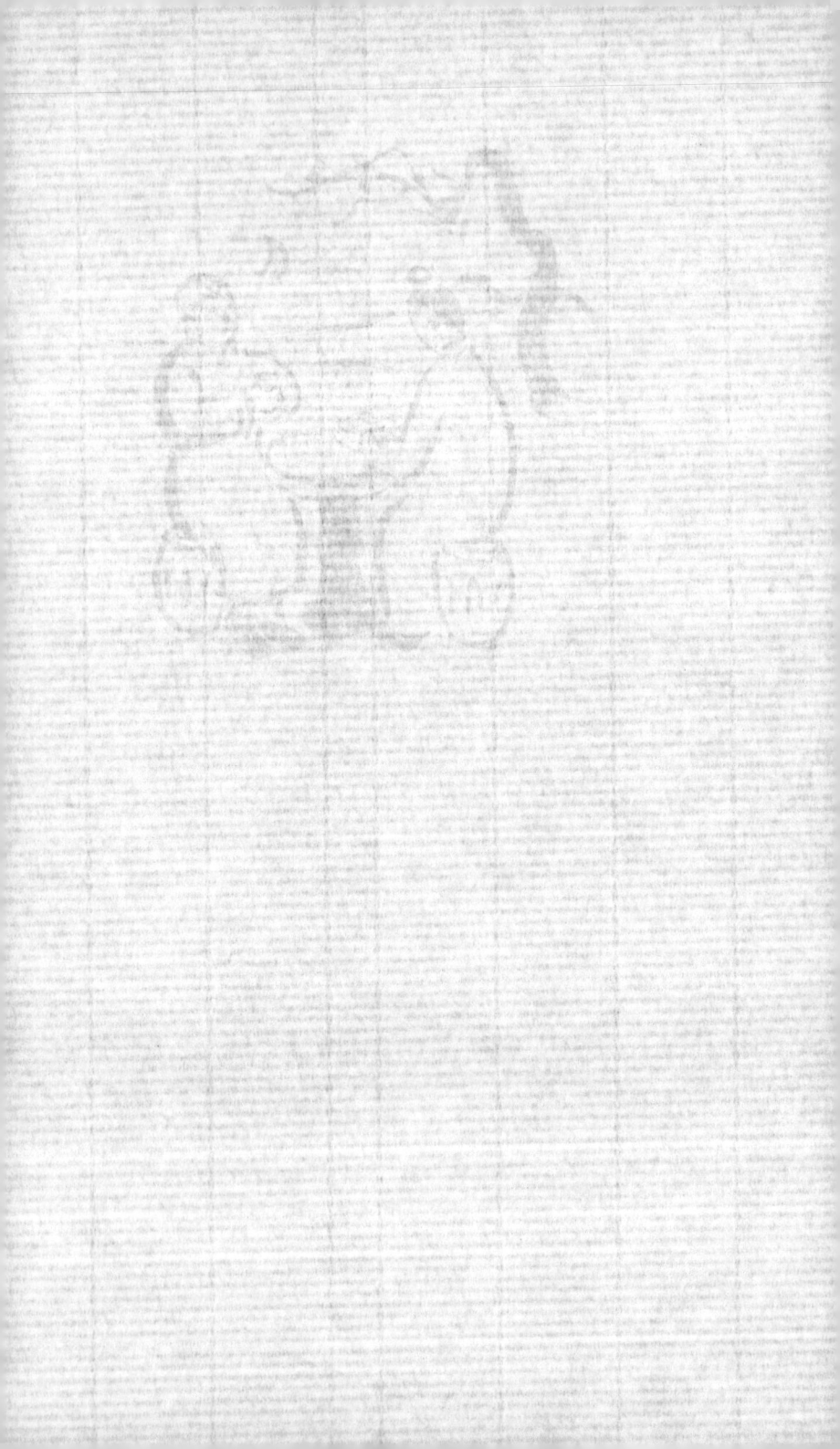

火柴

火柴呲的一声
爆出个花
那是远方的朋友
传来的问候

我微笑,会意
趁火点燃雪茄
深吸,吐出长烟
送还彼处

火柴仍未熄灭
我心生期待

2017.8.17

白花

你好吗
那儿的秋天冷吗
比江南冷吧
有满地金黄的梧桐叶吗
有你喜欢的葱油饼吗
我想你啊
我们在不同的世界里
可你一直没有离开
那盆在夕阳下摇曳的水仙
今天你又摘去了一朵
刚开的白花

2017.11.26

叹息

人过中年
突然学会了叹息

心里若有所思
身体毫无准备
就长长地，叹出一口气来

也许是想念亲人
也许心有愧疚
也许越来越感到力不从心

常常，顺带抹一下眼角
望着空空的远方
又是一声叹息

2018.6.20

转院决定

是我决定
让父亲转院手术
左右不利
就想博个机会

妈妈没有怪我
叔伯没有怪我

之后很久
在半梦半醒中
我反复假设
其他治疗方案

2018 .3 .5

灵魂的爸爸

1968 年 4 月 1 日
一颗游得飞快的小小灵魂
最先投入了妈妈怀抱

那个无人知晓的愚人节
让我愚弄了成千上万个兄弟姐妹

2018 年 2 月 11 日
灵魂的爸爸躺在我的怀里
安静地告别了灵魂

2018.3.12

碧螺春

明前
到了一斤东山碧螺春
照例,会匀出半斤
给父亲送去

父亲是苏州籍贯
听评弹,也听京剧
碧螺春第一,龙井第二

去年3月底,新茶才上来
父亲品后说:近十年最好
今年的茶,不知如何
父亲却品尝不到了

2018.3.16

雪

霎时间
世界黑白颠倒
罪恶被伪善隐藏
广厦继续包庇着为富不仁
穷苦的人一步一个脚印
走向白色的祭坛

一只乌鸦
用尽全力抖开了白色枷锁
猛地冲天飞去

2018.1.25

彼岸

游走江湖多年
是非好坏，尽是过眼云烟
纯男熟女也曾相识
爱恨情仇如梦如幻
千帆竞过，独见名利两艘
彼岸之人，默默念叨
吾不为恶

2016.10.24

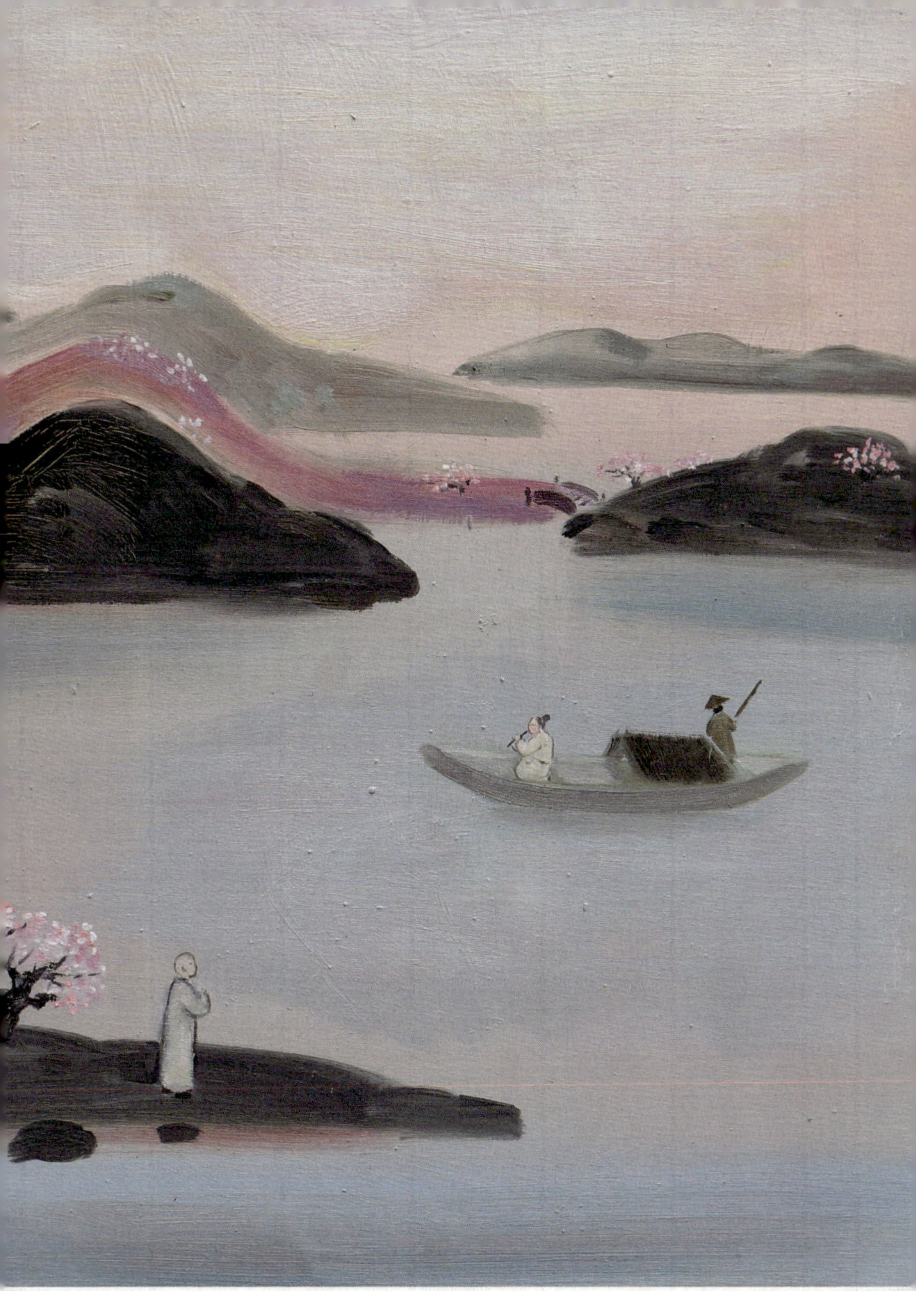

解梦

古老的宫殿,木乃伊围坐密谋

小船,正缓缓靠岸
岸边站着男孩,吹响木叶
还有一只翘首等待的老黄狗

2016.8.1

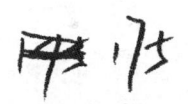

六指

早晨醒来
不自觉拿起手机
发觉划屏神速
原来右手又长出一指
在拇指和食指之间
甚长甚细,有三个关节
正好用来玩弄微信
妙不可言

2016.3.10

表演

一群艺术家在野外
造了个方型的玻璃房
床，画架，摄像机

观众进入房间
灯光打开
表演开始

2016.6.4

矫情酒店

在西北沙漠深处
有座矫情酒店
酒店从来不曾有过客人

在西北沙漠深处
有座矫情酒店
酒店从来不曾有过客人

在西北沙漠深处
有座矫情酒店
酒店从来不曾有过客人

2015.9.30

放生

祁连山挨着祁国
同样地气势雄伟
祁连山把一根吃剩的鱼骨
随手放入无名小河

祁国后来发誓说
亲眼见到那条鱼游走了

2016.5.1

小满

青衣垄上行
触手可及垄头的熟麦
春风拂过
麦头像调皮的红孩儿
刷刷地逃走

满枝的麻雀
齐唱着不和弦的高音
预告暑神君临

远处田埂上的老农
仰头望着天空
是在为芒种祈雨
还是在算计
今年的收入

2016.5.12

云海

飞机正在离开日本列岛
万米高空，云图翻滚
白云如海，战舰破浪
北洋水师的铁甲舰队
正成双列纵队直插过来

空姐的广播唤醒了乘客
半小时后降落首都机场
擦一擦脸，打开窗板
机翼下方，黄海滔滔
一艘艘商船都向东驶去

2016.8.29

漓江鱼

黄昏时分
我们来到漓江边
找了个吃鱼的大排档
邻桌好大一群人
老男少女推肩换盏
我禁不住问老板娘
有没有陪酒的美女

这句话惹了老板的不快
更引来邻桌鄙视的目光
我顿时觉得非常无趣
讪讪地低头喝闷酒
吃的什么特色鲜鱼
我一条都没记住

2015.11.5

眼神

看着一位日本青年
眼神虔诚地搬起大行李箱
竟让我心生震动

这种眼神,在我们那儿
只有面对金钱女色的时候
才会闪现

2016.8.26

第二梦

梦里找厕所
不记得,开头的事

身体没有方向感
越找越急

坐着的,都是熟人
似笑非笑地交谈

红衣少女闪过
门上插着一把钥匙

找到了厕所
为什么反而不安了

2017.7.28

社交

怎么称呼：
阿宝
认识我吗？
不认识
干吗加我？
嗯嗯
干什么的呢？
没事
属啥的呀？
反正不小了
贵姓？
姓张
哦

2015.10.30

纸上世界

年轻时的世界
就是三张签证这么大
美签,欧签,日签

到了中年
突然变成了二张证件
房产证和法人证

中年以后
恐怕只有一张体验纸
才是世界的含义

2018.4.18

与赵刚，微硬夜访苏州诗院

江南古镇，即使黑夜
也夜得那么柔软，那么女性

诗人对着夜莺朗诵
小说家默默解构夜的形状

漫步在夜湖畔的长廊
明月穿过水里的云，照向夜空

2016.9.19

蓼莪

走了,一切都干净了
姹紫嫣红,曾经的繁茂
终归逃不过腊月的摧折
落叶,是为了减轻树的负担

即将凋谢,却无冤色
他轻轻落在白色床单上
窗外寒风凛冽,夕阳斜照进来
弱弱地抚慰着渐渐的死亡

2016.6.24

投降

自从向岁月投降之后
我从一百多斤荷尔蒙
变成了一百多斤脂肪
生活是女人雇来的杀手
幸好我有雪茄这个保镖
雪茄介绍他的好朋友沙发
沙发带来了老伙计冥想
冥想引荐我认识了诗歌
我并不清楚诗歌的真实身份
却很快与她结合了
就像童话故事里说的
我们从此幸福地在一起

2016.9.15

账本

朋友,朋友
就是两个人,两本账

朋友,一路走来
经历的事一样,账却不是一本

常听甲说:是乙的贵人
若没有甲,乙哪里会有今天

可惜,甲没有看到乙的账本
如果看到,说不定当场吐血了

朋友之道,切忌埋头算账
可能的话,调阅一下对方账本

2017.8.14

朋友与禽兽

古代中国人
欢迎朋友的最高礼节
就是把女眷请出来相见

无论女人美丑
朋友只要多看上一眼
就变成禽兽了

2017.8.10

江南雨

连下了一个月梅雨
草木和土地,都吸饱了水
重重地耷拉下来

忽然听到蝉鸣
风雨停了
轻摇几下折扇,神清气爽
想想真是,无事小神仙

2016.7.16

秋之色

西窗外
有两株对视的红枫
秋天一到
就享受夕照红霞的美景

春日,偶病
得闲在家休养
第一次发现
春天的枫叶,嫩绿嫩绿的

人生列车,开着开着
就慢下来了
看到的事物,越来越美好
也越来越伤感

2017.12.6

小弟

小弟比我小好多
却很早熟
要等到小弟长大了
我才开始懂事

我们一起经历快乐
一起失落
我们又重新站立起来
赞叹生命的硬度

一眨眼
相伴度过了大半个世纪
到时候了
到告别的时候了

离开你
去找回那个伟大的我
离开我
你才是真正的审判者

2018.12.25

精疲力尽

做一个伪善而负责的人
还是一个无耻却坦然的人
生活中,我一直在来回纠结
并因此消耗掉大半段生命

如果生活能够重回起点
我大概仍然得不到正确的答案
人过中年,总想着再回起点
哎!不就是因为后悔太多么
后悔没有好好珍惜那个好女人
后悔愧对创业的兄弟
后悔误入了奸人的歧途
后悔从来不敢面对每一个真相

即使生命真的能够重来
我也没有丝毫把握
何况,我感到快要精疲力尽了

2018.12.28

〔5〕上海 上海

外白渡桥

残阳如金，一把，一把
洒在河面上，再也见不到
真相，河水的真相

倚在外白渡桥的铁木栏杆
不往东看河水入江，反而向西
粼粼金光，森森而来

那是旧时的河水，旧时的江
旧时的栏杆，望着旧时的西
折过旧时的光晕，看旧时的我

2017.2.5

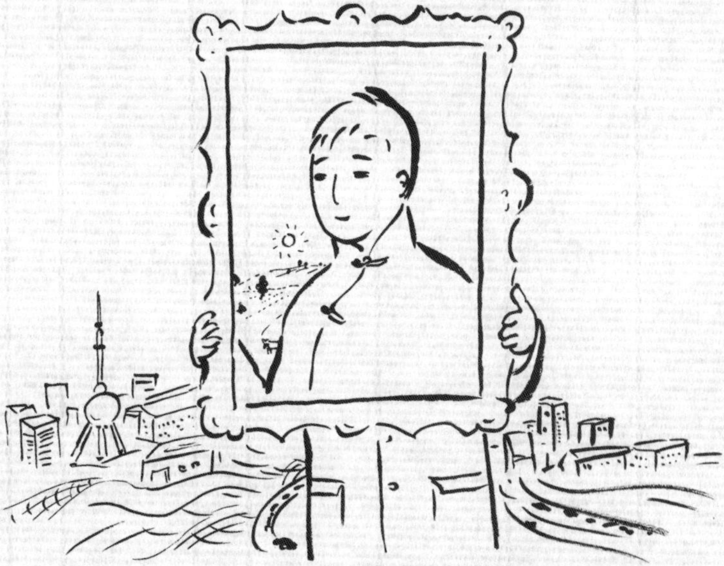

安义路

坐在安义路边
背靠嘉里中心大楼
一杯双倍特浓咖啡
一支环径 56 的基督山雪茄
看着路上体面的中产阶级
尽力掩饰疲惫和紧张
邻座纤瘦的白领女子
正用英语逼迫她的金发情人
斜角一位西装领结绅士
满脸真诚地游说好朋友
一起搭上 P2P 的沉船

陌生的小女孩
突然间,站在我面前
漆黑的眼神就这样子看着我

2016.5.23

外滩三首

1
上海人以外滩为荣
美其名曰:万国博览建筑群
夕阳下等待老海关钟楼的西敏寺钟声
外国人却不在乎
反而喜欢站在外滩堤墙上眺看新浦东

2
十五年前
我搬进上海大厦的一间套房
以前大亨杜月笙住过
由一辆老式手摇电梯直达
冬天热水汀供暖
正厅墙上挂着刘海粟作品
陆俨少的画只能摆在卧室
初夏时节白色窗纱随风飘曳
伴着二短一长的江轮汽笛
雪茄客喷云吐雾之中
隐约听到咚咚敲门
仿佛兰成携爱玲来访
那是我过得最绅士的三年

3
苏州河畔

浙江路铁桥

外白渡桥

外滩

黄浦公园

福州路书街

沈大成馄饨店

黄浦剧场

我的童年

2015.5.11 夜

苏州河

我家三代住在苏州河边
爷爷说那会儿河水见底
爸爸说当时河里能游泳

十七岁生日那天
我俩紧搂在苏州河堤旁
那年的河水已经很臭
我却只闻到兰花的香味

2016.3.20

胡伟国同学

初中,最漂亮的刘慧青同学
为了捍卫"三八线"
把同桌胡伟国同学的铅笔盒
一把甩出了教室窗户
断铅笔洒落一地

从此以后
胡伟国同学的人生
再也没有办法好好书写了

2017.10.23

理发师

猢狲
身材消瘦
颧骨高突
喜脸相迎

我的理发师名叫 Wilson
只要一打招呼,便忍不住笑
上海话,就是猢狲
见他,如每月的例假

陆牺牲
打好头,先吹吹干
侬头发太长
颈后已经生痘痘了

一年十二个月
十年一百二十回
回回都是这几句
扬州,上海话

猢狲手艺了得
剪完前,照例 showtime
完全陶醉在我的美发
如四月樱花般漫天飘落

2017.1.17

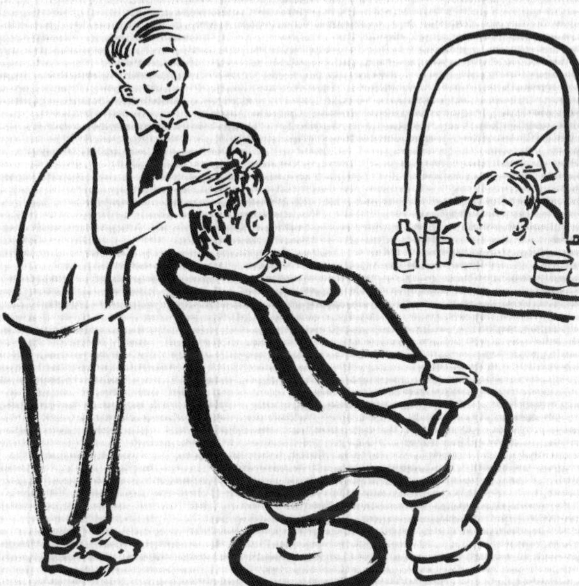

四国大战

中学放学,玩四国大战军棋
回家各拿一只小凳
弄堂口早有人支起临时方桌
每逢暑日,都是赤膊短裤
那个时代,短裤可以外穿
统一产品,宽松大方
屁股后还设计了一个小口袋

据我的第一个女朋友回忆
她是偶然看到我坐着下棋
短裤里露出了小弟弟
因为讨厌,而喜欢上了我

2017.1.22

胆小鬼

静安徐大户家财万贯
还养了不少胆小鬼
每到日暮便放他们出来
陪主人喝酒,聊天,谈风月
只是一遇到敲门,打雷
就一哄而散,躲藏起来

有个瘦鬼最胆小,却善变化
主人特别喜欢,这一次
变成某女星侍寝,正恩爱间
女主人突然持刀闯入
瘦鬼胆小,居然给吓死了
徐大户懊恼不已

2017.9.5

樊 2018.1.27.

擦皮鞋

我总是能认出
生活在中国香港的上海人

再富的香港人也拖凉鞋
再穷的上海人都穿皮鞋

我喜欢穿皮鞋
更享受被苏北老沈擦皮鞋

洗脏,上色,打磨
涂蜡,上光,再打磨

最后,唾上数滴唾沫星子
啪啪啪,鞋布舞动如华尔兹

2017.10.19

万总和小潘

上海滩,能发大财的
都不是上海本地人

万总那年廿岁,带着廿块钱
来到刚刚开放的上海滩打天下

万总一心只想做大事业
并不在乎赚利存钱的小事情

属下可以骗他钱,拐他的女人
只要还愿意为他效力

后来,万总的事业越做越大
再后来,公司说倒就倒了

万总倒了,他的跟班小潘起来了
老上海说:东家跌倒,帐房吃饱

万总毕竟还是万总,余威犹在
不几年,又在北京干成了大事业

他倒是不改往日豪气,不记前仇
还常常回来上海滩,跟小潘吃酒

2017.12.13

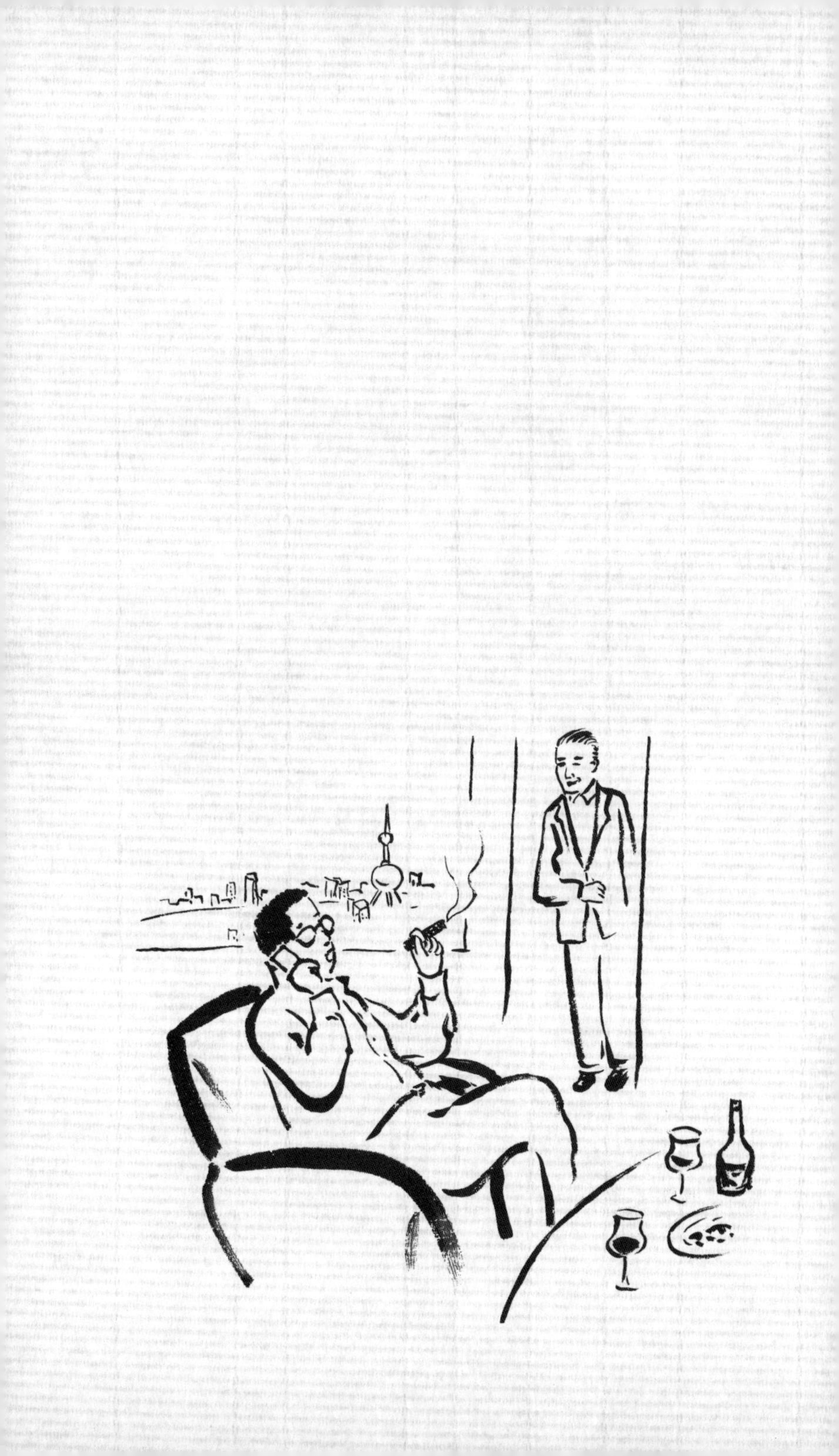

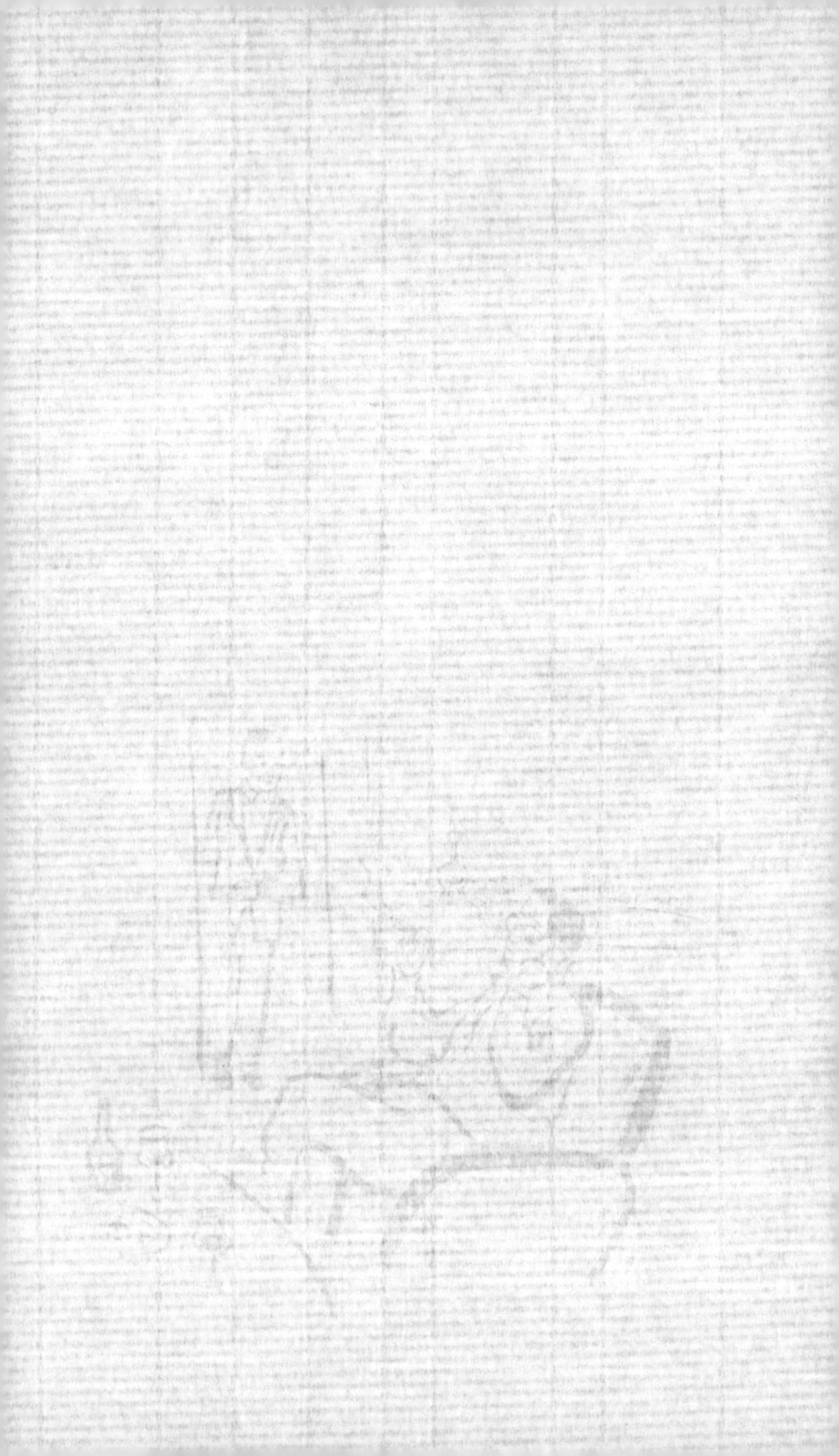

混堂

最早是罗马公共浴场
闻名于世的土耳其浴室
当然,还有上海混堂

混堂池中的水一天一清
老客每于下午两点入场
早则水生,迟则太浊

孵混堂的都是神仙客
擦背,剃发,掏耳,刮脚
饿了,来碗上海小馄饨

混堂之乐,重在社交
达官贵客和贩夫走卒共一池
脱光了,容易交朋友

2017.10.20

雅集

这房子什么时候买的?
你是做什么生意的?
这几个月,你换美金了吗?

昆曲王子张军优美的懒画眉
显然一点儿没有吸引到
这位著名的 W 诗人的注意力

我终于打断了他的话题
"在英国文人的雅集上
谈论金钱和买卖是会被罚酒的"

"喔,怪不得他们落后了
再过十年,中国就是世界老大"
说完,他干了一满杯 96 年玛歌

2017.11.19

肖邦奶茶

大妈妈还在的时候
我喜欢她煮的英式奶茶
听她弹奏肖邦夜曲
弹完一曲,她会用
圣玛丽女中的标准英语
朗读下一首的音乐标题

Nocturne #2 E Flat

2016.3.16

雾

明明看见,云遮了月
霎时,雾又挡住了云
雾气沉沉,起自虹口江湾
沿地势西沉,经过静安古寺
洼聚于长宁古北一带

抗战胜利,虹口日侨尽被遣返
开放后,复又群居于古北
黄金城道间,遍布居酒屋
平时颇静,独在月缺之夜起雾
伴着哀笛,天明方散

2016.9.18

自助餐

我嘲弄自助餐
美国式的物质多余
多余的并不是什么精致的食物
就餐？不如说吃饱肚子

现在，我安静地坐在角落
是的，吃饱肚子
然后展开我嘲弄的眼神
偷偷观察着对桌的长发女士

对桌的长发女士风韵犹存
吃饭还戴着太阳镜
女士的手一刻不停
牛排一块块窜入桌下的黑包

我纯粹是好奇
起身和女士打招呼
　"您一定是拿去施给天桥下的流浪汉吧"
　"不，我家养了三条大雪撬"

女士毫无愧色的回答
把我赶回了自己的角落
看着她又在把一副副刀叉往桌下挪
我仿佛看到雪橇犬正坐着用刀叉切牛肉

我早已无力呵叱
更没有举报的习惯
看着长长的自助餐桌上丰富的物质
延续着对自己嘲弄态度的嘲弄

2016.11.24

囚牛

1
残阳无多
牛老背把胡琴
慢慢走下三孔石桥

2
古镇的喧嚣
随着日落,渐渐散去
青石板路重归寂寞

3
古镇隶属上海
反而紧邻江浙
自古靠淀山湖水滋养

4
我备好酒
还有两枝陈年雪茄
等着夜色和牛老

5
今天的日子特别
每逢壬辰冬至
就是牛老一甲子的生日

6
一口气连陪了六杯
因为牛老说他在世间
过了六甲子

7
我曾祖母,我们叫太太
年轻的时候就认识牛老
彼时牛老已是这样老

8
太太在世的时候
常常提起牛老善谶
曾祖父才得以逃去香港

9
我祖父却不走
留在了伟大的新中国
坚决地融入了公私合营

10
我从来没叫牛老算过命
这也许是他喜欢我
愿意同我吃酒的原因

11
酒过三巡九盏
牛老似乎有些伤感
取胡琴拉了一曲《悲歌》

12
我没怎么在意
老人们不都这样么
还为他点燃了古巴

13
酒喝得痛快,不觉凌晨
出门有点雾气
蛤蟆没叫,异常安静

14
再没有见到牛老
乡里人传说:仙去了
牛老属龙,大名:囚牛

2016.11.18

爷爷

我记事起
爷爷不抽烟
更不喝酒
穿黑色中山装
常年板寸头

整理爷爷旧物
翻到一张照片
全身白色网球衫
还找到一只旧皮套
可以装两支雪茄

2016.3.16

寂寞的少年

楼上寂寞的少年
他的邻家院子里
长着一棵茂盛的夹竹桃

那个湿热的夏夜
夹竹桃的阴影下
一对恋人紧紧抱在一起

少年在窗后撕扯
那是十七个夏夜
和女孩身影约会的地方

从后窗斜看下去
夹竹桃洒满银光
并不知道这世间的伤心

2018.11.10

皮包水和水包皮

上午十点
城隍庙南翔小笼馆
二十年如一日地皮包水

下午三点
黄浦天津路浴德池
二十年如一日地水包皮

擦背的老扬州喃喃道
老板的雪茄越玩越长
小弟弟好像越来越短

2015.10.23

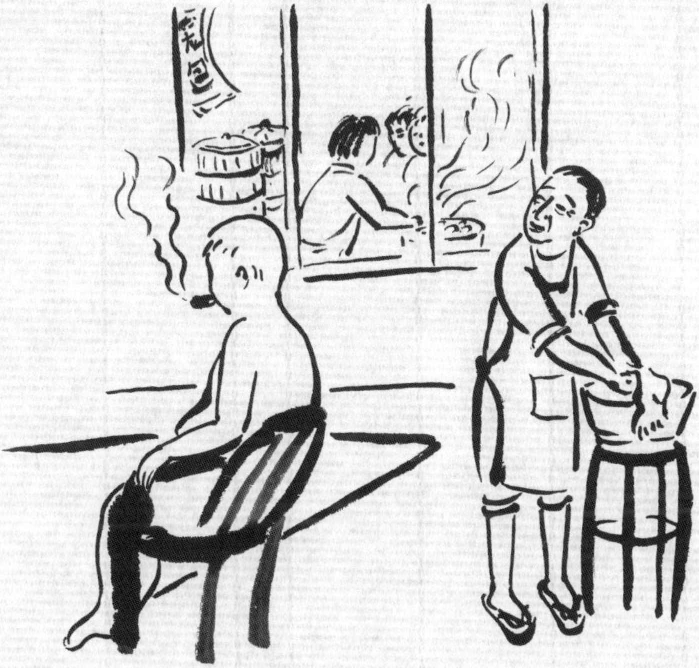

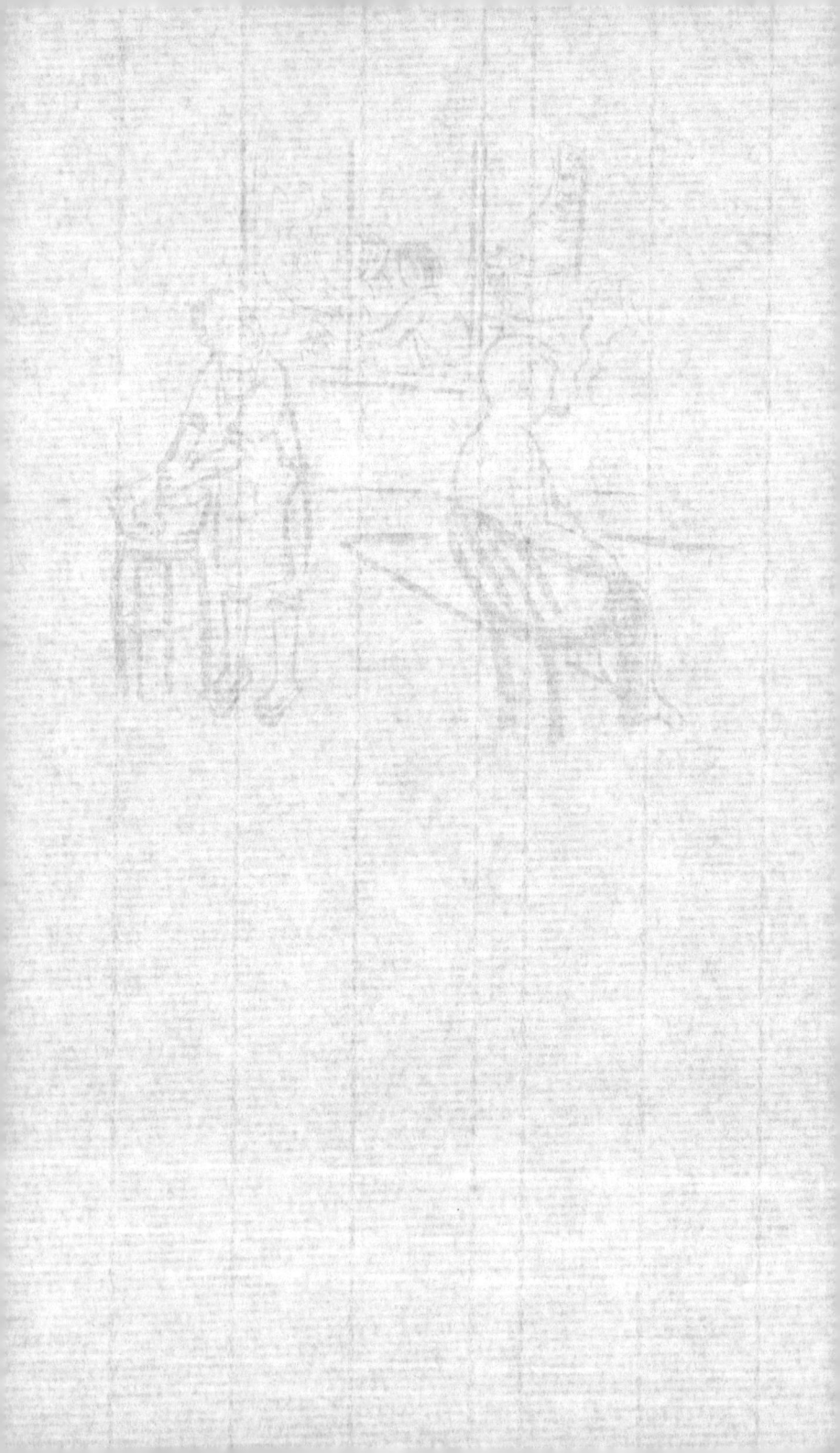

杨校长

杨校长，是个老牌官刊的编辑
博闻强记，谈吐幽默
常卖弄些国际时势和神鬼传奇
弄堂上下都尊他为：杨校长
然而，鉴于上海的市民本性
大家对他都是尊而不亲
还散布些他和发廊老板娘的流言

老板娘的发廊，并没有老板
洗头，染发，修剪，按摩
就她一个人，安排得妥妥贴贴
路过发廊的男人，都会看一眼
路过发廊的女人，也会看一眼
其实老板娘蛮漂亮，又温柔
只是大伙儿都不提

后来，杨校长跟老板娘越来越好
再后来，就出事了
那个上钢三厂的工人大哥冲过来
劈头打了杨校长一个大耳光
工人手重，瞬间脸上五个指印
老板娘却哭着闪进了后面按摩间
当晚，杨校长就趟了苏州河

2017.1.22

洗衣谣

吃完晚饭,我们都去河边玩耍
同学小霞的姐姐小玉
就在她家门口用搓板洗衣服

那是一个大大的木桶
她两个哥哥和妹妹的所有衣服
夕阳的余晖斜斜地射在她上身

我们几个围站着相互聊天
俯看小玉的白色衬衣领口
随她搓衣服的节奏,上下开合

2017.1.22

名片

我的名片
最初是供销员
然后发展为
科长
经理
总经理
总裁

后来
抬头越来越多
最多的时候
折起来的名片都写满了

再后来
抬头越来越少
最少的时候
只有陆渔二字

这几年
为了装诗人派头
索性连名片都不发了

2018.2.8

充手和强盗

老上海都知道
虹口会赌，闸北能打
南市摆摊，黄浦开口

黄浦区地处市中心
交通繁忙，人流不息
南京路吸引了全国各地游客

当时，出门只有挤公交汽车
公交车上的妙手们，叫作充手
拿把刀片在车上割包，叫作开口

没有听说过，充手割伤过人
也没有听说过，两三个人一起干
如今妙手失传，街上的全是强盗

2017.2.4

剪

爱美的小姨嫁人前
被居委会共剪掉
三条大喇叭裤
两件紧身衣
一头卷发

2017.12.15

邀舞

我是舞会的列席人员
上海话,列席就是立席
没有坐位,亦是无比荣幸

那是湖南路上一座小洋房
二楼客厅用椅子围出一个舞池
椅子后面,就是立席

大台子上,是一台夏普四喇叭
只放刘邓的歌曲
慢舞放邓丽君,拉丁放刘文正

红酒和小蛋糕居然是自助的
还有喝着像咳嗽药水的可口可乐
两枝燃着为了被吹熄的蜡烛

梦想在舞池里一展身手
我高一就学会了跳舞
在这里,却没有邀舞的勇气

那是,当时最美的女人
她们的眼神,根本不敢去直视
她们只属于最有腔调的男人

2016.8.25.

腔调止于八十年代的一个秋天
男主被捕,女神流放
我的舞,却越跳越娴熟了

2016.8.24

赎

我从小好赌
自以为输少赢多
遇到了霉运
也常常连战连挫

海宁路上有家恒源典
我是这里的老主顾
一条项链,进进出出
不知多少回合

每次,只有母亲
一声不吭地去赎回项链
回家重新帮我戴上
一句责备的话也没有

2017.7.10

2017.8.15.

静安

秋夜
昏灯
电车辫子
法国梧桐
落叶
如鱼

2017 .7 .30

1812

她出生在一个大帐篷里
没有爸爸
妈妈连字都不会写
帐篷上印着 Unicef 的蓝色图标
联合国儿童基金会

1998 年冬天的一个下午
我读完她的故事
开始走上慈善之路
不久收到一张 Unicef 会友硬卡
用钢笔手写的卡号：1812

2018.1.18

鱼头

某上市公司
拟数亿收购竞争对手
完成合并后
将成为行业龙头

新厨房
端出了隔夜的剩鱼头

2017.7.22

巴黎之花与红颜容

我点了一个鸡蛋鱼籽酱
作为前菜
配巴黎之花香槟

主菜很简单
黑松露薄披萨
96年的红颜容葡萄酒

法国经理亲自走过来
微笑着打开瓶塞递给我闻
轻声地赞美我

简单的美食,讲究的酒饮
大多数客人相反,他们
点很贵的菜,配普通的酒

本地客人其实特别憨厚
只是想在你们米其林餐厅
表现出慷慨,我回答他

2018.3.24

海关

洛杉矶海关
有个满头黄发的女职员
手摸配枪,专对中国人使横
见到大陆去的华人
满脸仇视,出言不逊

"以为这里是菜市场吗"
"要不要进小黑屋谈谈"
"小心对你不利"
"老实点"
诸如此类,凭空弄些风云雷电

这一次
我实在看不下去
用沪语厉声自语
"勿要以为染了黄毛变了种"
"专门欺负同胞"

这女人斜眼看了我一下
居然听懂了我的上海话
讪讪地走开了
留下一帮来自上海的旅客
在那儿笑着不肯散

2018.4.20

赴约

车进浦江隧道
陆家嘴繁华的高楼大厦
如水天相隔
头顶一排排白色灯管
单调地向后冲锋
司机的电话突然响起

癌症的消息
穿过江水，传入地下
出租车疲惫地开出隧道
似乎用光了所有的汽油
我拍拍司机的后背
"把我放下，你回家看看吧"

我吸了一口潮湿的空气
朝约会相反的方向走去
身着华服，徘徊江边
层层波动的情绪
如这一江多情的春水
回头，外滩依然灯红酒绿

2016.4.26

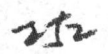

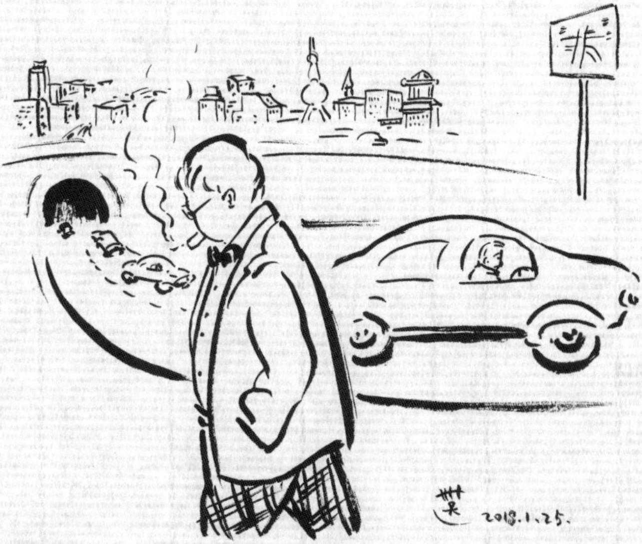
2018.1.25.

玫瑰人生

表姐旅居美国多年
生活在水深火热之中

表姐夫不常回家
回家就是吵架,甚至打骂

我问可怜的表姐
为何不离开这个丑恶的男人

表姐看着花瓶里数枝低头的玫瑰
回答道:抽出来,又能插哪儿

2017.3.8

洛杉矶的功夫茶

一见面
雪茄店老板
招呼都不打,扭头往后走

我感到非常委屈
他居然
把我和一大群朋友晾在一边

正失望间
老板从后面快步走出来
端着一大套中国茶具

这套茶具足足等了你一年
现在,让我们泡茶吧
嗯,让我们泡茶吧

2018.4.18

我们是朋友

第三周
那个美国店主终于忍不住问我
他是你弟弟？亲戚？还是合作伙伴？

不，都不是
他叫黄乙，我们是朋友

那你为什么一直在帮他卖单
美国人怀疑地看着我

我忽然感到错愕
因为，我从没想过这个问题
我不是同性恋，可我是中国人
我只能这样回答那个老美

黄乙听不懂英语，睁大眼睛一脸不解
我回了一个灿烂的憨笑
美国人在夸你呢，我告诉他

2018.4.16

假领头

上海男人
在物质极度匮乏的年代
依然保持体面

出门，一定换上笔挺的衬衫
时不时，变化面料和式样
神气十足

回家脱去外套
才露出庐山真面目
原来是，两粒钮扣的假领头

2018.7.8

老北站

老北站
上海滩最早的火车站
聚集了来自全国各地的客人
也聚集了各路小偷

此地属老闸北辖区
附近弄堂里混的小青年
几乎没有不会妙手的
这段历史要上溯到民国时期

此方盗亦有道
只要你足够耐心去找
两小时后，证件物事一定就在
两条马路之内的某个垃圾桶

或者，找到熟人
晚饭后，失物就能物归原主了
如果找回的东西特别贵重
更有失主邀偷儿把酒言欢的

2018.7.17

上海大厦

装修之前的
巴黎旺多姆广场利兹酒店
留下太多令我回味的地方
海明威酒吧，米其林餐厅，神秘花园
还有那流连忘返的图书馆套房

同是百年老店的外滩上海大厦
散发着几乎相同的基因
大厦东南角套房的转角处
有一部类似黛妃在利兹最后乘过的后门电梯
我有幸，也用过两次应急

文明人，之所以文明
就在这后门电梯里找到了答案
可惜的是，美好总是容易消失
上海大厦如今装修一新
乘坐电梯居然要先刷房卡
美好的故事，也只能当故事去讲了

2018.7.29

〔6〕徊句

信徒

一两素面
半百信徒

雨中的灵隐寺,人少佛多

2017.6.19

2017.8.15.

天气预报

今夜台风来袭
势将吹乱她的长发
我剃光了腿毛
坐等她来

2015.9.29

圆

花了半生的时间
画一个完美的圆

突然发现
自己困在了圆心

2016.9.15

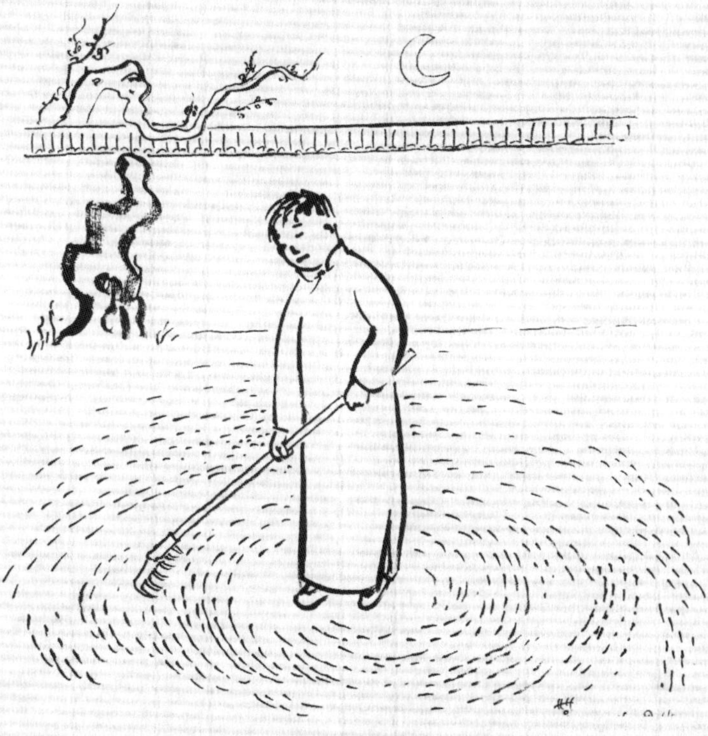

1916

1916 从老沈右手递出
很快被朱乒烧成了灰

时间,就这样消失了

2017.9.11

人间疾苦

我深知人间疾苦
却并不乐于体验

2015.8.13

男人的勋章

背叛,是种勋章

没有受过勋的男人
称不上,真正的男人

2017.8.10

经验

十年来
我低头只看到肚子
仅凭经验小便

2017.7.24

为什么我家布满狗洞

生活如此残酷
人生本无目的
我早就放弃做明细账目
让狗洞到处都是
急的时候也能钻一钻

2015.5.20

天才

在天才面前
只好低头啜泣
任其宰割

2015.10.2

身轻如燕

我就此决定
不再嫉恶如仇
忽然觉得
身轻如燕

2015.6.14

鱼水情

鱼
抬头
瞪着恶眼
大口喝水
决心
要把
一池肥水
喝尽

2015.11.1

十月一日在人民广场放风筝

天真蓝
有点儿受不了
好像觉得有罪似的

2015.10.1

空心菜

发黄的菜皮,披着
傍晚的光线

还有,对你的哀怨

2017.3.21

阿飞

半夜三点
看阿飞正传
张国荣还在泡妞
张学友又傻又嫩
张曼玉真好看

2016.12.13

一刀两断

上半身用来写诗
下半身交给舍弟

2015.9.12

网

黑色的铁网降下来
空中飞着蝙蝠
地上到处是咬断的舌头

2017.2.6

双鱼座

我花了二十年,撮合
灵魂和肉体的分歧

又花了二十年,离间
欲望和爱情的关系

2016.12.21

吹捧是高级社交

几个大男人在互相吹捧
这才是高级社交

要知道捧人一点儿不容易
需要捧人者才华横溢
受捧者才甘之如饴

2015.9.27

鱼

大暑
死了一条鲤鱼
纯黄色
七岁

我把它
埋在桂花树下
十月
满地金黄

2017.7.13

雷雨

窗外雷声隆隆
吓醒几多负心人
我好想
去街上踩着雷声
跳舞

2015.6.16 大雷雨夜

朋友之爱

男女之爱
基于生理需要

长幼之爱
连着遗传基因

朋友之爱
最是莫名其妙
却能千里走单骑

2016.6.16

前妻·一

对情敌拼个你死我活
多年之后,竟然
一心祈祷前妻找个好男人

2016.11.12

前妻·二

老婆的口头禅是孩子
前妻的口头禅是孩子

只有情人的口头禅是我俩

2016.11.24

猫与狗

养狗的主自卑
美其名曰：狗忠

玩猫的人自信
少一顿，猫就走

2017.9.30

门

去医院看病人
坐电梯按错了键
一下子来到太平间

太平间的门虚掩着
让我进退不得

2015.11.22

太平间

黄历

十月二十日
阴历九月初八
五行涧下水
宜纳采、订盟

我们约在那天
尽情行欢吧

2016.3.5

报恩寺

又到了
金黄满地的时节
又回到
寂静的银杏树下
一片宋朝的枯叶,从唐朝的枝头
撞落到我头上

笃!
枯叶的撞击声,和禅宗的木鱼
同时敲响

2017.12.10

天生我材必有用

我一度坚信天生我材必有用

生活是个认真的质量检验员
这个缺乏幽默感的家伙!

2016.12.27

分手

每次提出分手后
总是会收到怀孕的消息

2016.10.21

〔7〕我，是听巴赫的

1986

我从背后
第一次解开她的白布胸罩
收音机正在配乐朗诵
怀念一位法国女诗人的诗

我厌倦了贞洁
却没有勇气去堕落
我触摸到她的乳头
她颤抖了一下
用手按压着我的手

我清楚地记得
为波伏娃诗句配音的钢琴
是肖邦的 g 小调夜曲
她忽然回过头凝视我
两颊清泪

2015.10.27

血液里流动的莫扎特

午后三点多钟
各种角度射来的光线
勤劳的音节和慵懒的音节
音乐中的每个对立面

莫扎特音乐响起
万物归于和平,绝不唐突
赤裸的婴儿第一次露出笑容
好一个无忧的世界

舞蹈着的美好音符
全都指向心灵,而非智力
纯粹,童贞的血液
在如歌的慢板和小步舞曲之间流淌

死亡,爱因斯坦说:就意味着
再也听不到莫扎特的音乐
是的,对于我来说:还意味着
再也不能在午后,为莫扎特的音乐燃上一支古巴雪茄

2017.3.2

灵魂出窍贝多芬

叶片上的一滴露水
潺潺的小溪
汹涌而下的大河
蜿蜒的江水流入海洋

已知的语言
不够汇成给他的赞美
智力与理性
无法达到对他的诠释

谁是贝多芬?
神的使徒,还是魔鬼
贝多芬是谁?
盗火者,邪恶的火种

刑场上,月光似锈
慷慨赴死的革命党人
表情冷漠的独裁者
命运之树落叶,音符如铁

2017.3.26

弦乐四重奏

我最喜欢弦乐四重奏
纯粹并且高级
四位独奏家凑到一起
天天排练不翻脸需要涵养

我最喜欢第二小提琴
她要呼应第一小提琴
还要衔接中低音声部
隐然是四重奏的指挥

她坐在第一小提琴身后
声音就会稍弱
主旋律基本上轮不到她
谢幕鞠躬总是排在后面

我喜欢海顿的弦乐四重奏作品
海顿写主旋律的天才不如莫扎特
合奏及重奏部分却都写得很美
我喜欢听她们之间的絮絮对话

2016.1.12

鳟鱼

风吹着云河走
一片小白云飘来
如鱼儿在水中跳跃
欢唱着和弦

阿尔卑斯山弹着静谧的琴键
来回倾诉如久别的恋人
白雪抱着大提琴在沉思

柏拉图正和孔夫子论道
海伦只顾欣赏西施的水袖
莎士比亚吟唱着蝶恋花

深山小溪中游出一条鳟鱼
渔夫带着酒气缓缓走来
倍大提琴奏出沉重的脚步

唱针呲呲地划向圆心
仿佛冀望划出第六个章节
明确的情感被一片片抛掉
裸露在不可表达的无限之中

2016.1.27

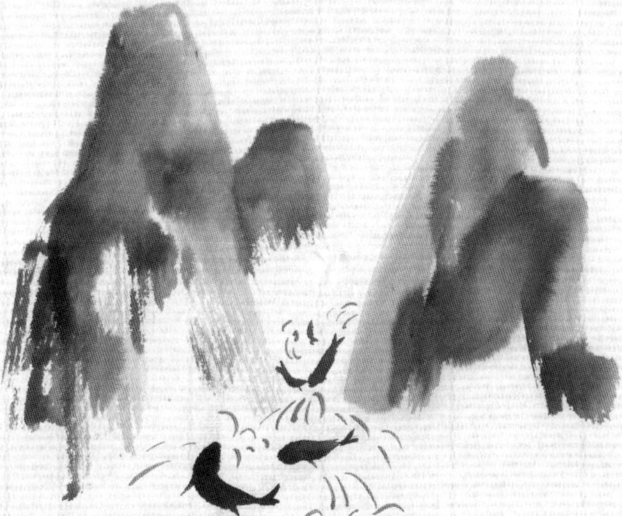

完胜

我正在听黑胶唱片
艾灵顿公爵的著名爵士
"久经世故的女人"

诺丁汉加厚转盘
配上传奇的金手指唱针
用纯银单向屏蔽线
送入麦景图全胆功放

在这个无所不能的时代
一个小小存储器
可以装进半个图书馆的时代
我独自享受着声音磨擦带来的真实

一个小时后
血液和电胆全数烧热
我又闻到大提琴弓弦上的松香味道

2015.11.4

热情奏鸣曲

天色灰蒙
空气粘湿
蜻蜓在水上乱飞
没有任何线条
北方传来阵阵鼓声
好像部队在行军

红衣少女
孤独地在风中远眺
两条黑狗慢慢爬过
没有一声吠叫
空中云卷
天上不时落下轻雷

大雨滂沱
大地暗如地狱
远处驰来一匹无人战马
引颈嘶鸣
花岗岩的河道里
火焰巨流

2016.1.27

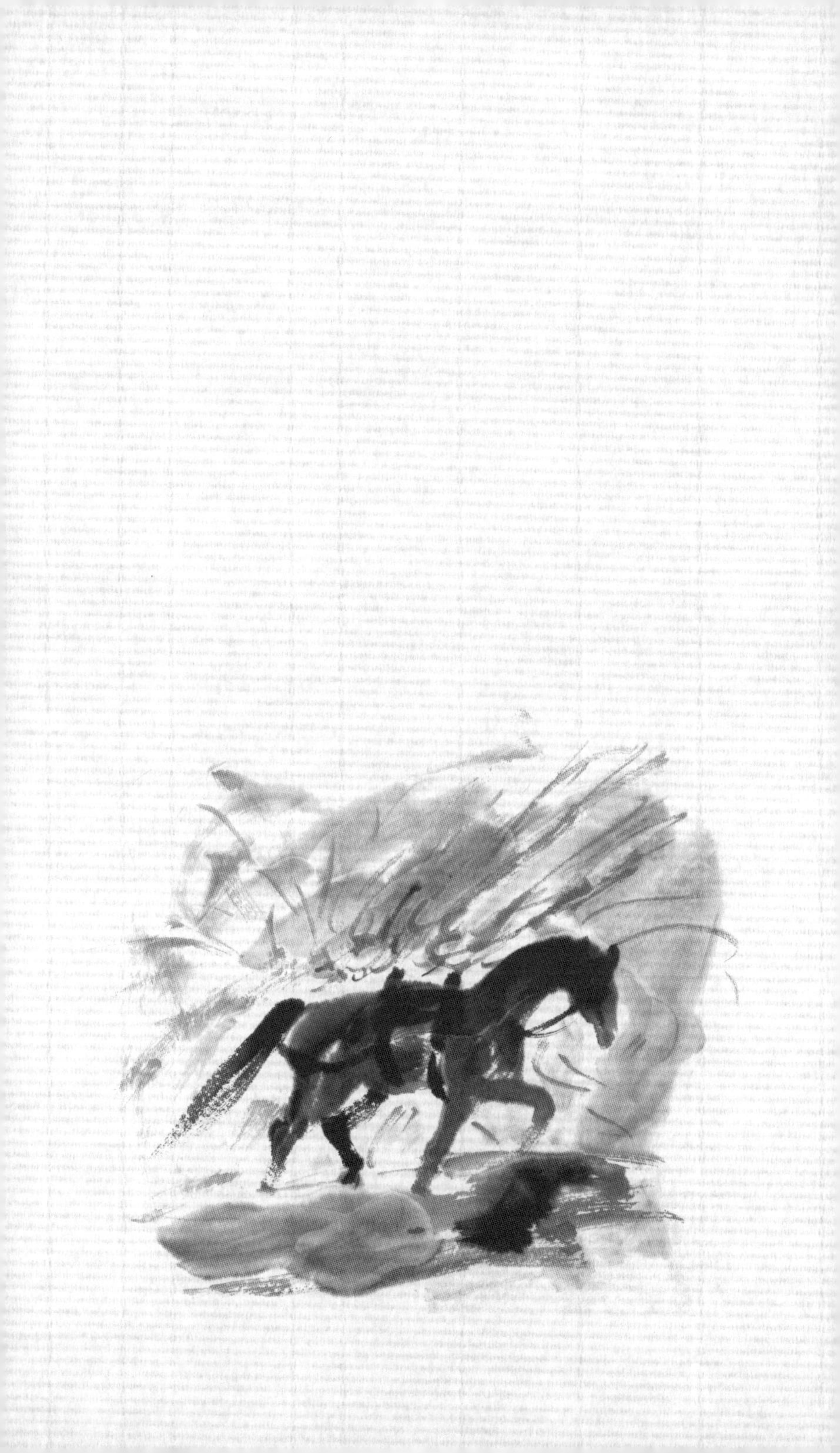

悲怆

每听柴六
如同把全身的毛细血管
都洗涤一遍
敏感胜过了忧伤
黑暗无边
却见人性的光辉闪烁

我不喜欢当代中国作家
极力描写痛苦
似乎被烙上了标记
他们学俄罗斯文学
学到了悲悯
却没有学到那一道光

柴六是最后一首
贝九是最后一首
也许是人之将死的人性
也许终于感到宗教的神性
所有的苦难
最后都照上了这道光

2017.11.24

沙龙

我就坐在钢琴左边的椅子上
听肖邦弹奏降 D 大调小狗圆舞曲
对面的贵妃椅，斜躺着乔治桑
嘲弄的眼神，盯着另一个情人

明朝人物屏风后的大沙发里
李斯特正在和一位贵妇调情
他怎么突然神经质地站起来
难道又发现可怜的肖邦弹错了

为什么，我如此轻易醒来
冬日的傍晚，室内已经很暗
依稀看得见镜子里憔悴的身影
还有窗台上，即将凋谢的蝴蝶兰

2017.1.29

半场音乐会

还好,上半场的曲目是贝五
那位花生糖嚼个不停的邻座
吸引了我的全部注意力
还好,是伟大的贝多芬交响曲
特别是进入到第四乐章的尾声
C大调光辉灿烂的凯旋曲
排山倒海般,硬压住了咀嚼声

欣慰之际,忽然看到曲目表
下半场,马勒第二交响曲
我一下子,汗流夹背
脑中想象着第二乐章葬礼上
所有乐器都在渐弱的时候
邻座尽情咬嚼的冲击声

我想等到幕间休息,去阻止他
或者,向工作人员打小报告
甚至悄悄偷走他的糖果
哦,马勒第二,我的爱
幕间休息结束的铃声响起时
我无限留恋地跨出上海音乐厅
保留了"对逝者美好生活的追忆"

2017.1.22

少女

冷雨夜
乌鸦被黏住了翅膀
一动不动
倒走的巨大时钟
拖着灵魂往回走

淋湿卷发的纤瘦少女
抬头期待
水珠沿着微张的嘴唇
滴落到她的胸脯
嗒嗒，嗒嗒

窗上的雨水汇成流线
窗后的脸阴郁模糊
贝多芬的 D 小调钢琴曲
正在演奏第二章节
他的手紧紧握住窗帘

街边大楼的那架大钟
继续向后倒走
少女不在
留下那根老电线杆
残破的广告纸被雨打落

2016.6.4

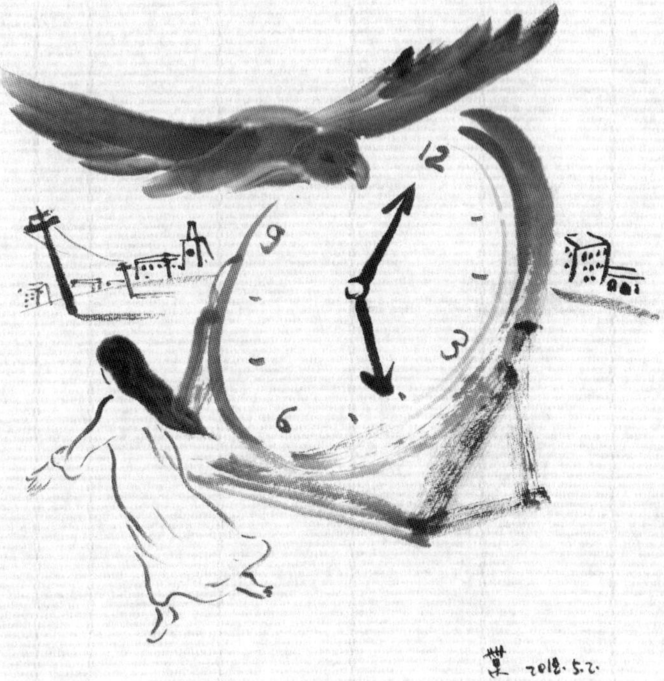
12
9
3
6
莫 2018.5.2

时光

女孩抬起头甩一甩长发
帮他擦干
拿过他的半支古巴雪茄
淡淡嘬吸
纯胆机放出的勃拉姆斯
第二乐章
香槟正好控制在 12.5 度
气泡微冒
萨松诗中的那一头猛虎
正嗅蔷薇
时光流逝唯有那荷尔蒙
不可辜负

2015.12.21

勺子

恐怖海峡的奇妙节奏中
勺子张开双臂,摆动,飞翔
"这是火星舞"他轻声耳语

勺子监视的另一个火星人
周晓,偷了飞船发动机去卖
让二手市场的城管逮了进去

勺子为啥收养那么多野猫
老冯喷了口烟:"勺子善"
屋里充满着各种叶草的味道

"猫屁是香料,用来星际旅行"
勺子喝多了跳舞,会跌倒
手里的老挝啤酒却从来不倒

2016.7.1

哈利路亚

先是 g 小调幻想曲
抚摸，揉搓，嬉游
从平静，宁静，到恬静
一阵春风，从哪儿吹来

霎间变为 G 大调奏鸣曲
呻吟，变调，升起
低音部出现颤音，节奏渐快
没有火山，到处是岩浆

上帝啊，哈里路亚

2016.7.12

伦巴年代

那是最好的我
遇上了最美的你

我请你跳了第一支舞
那是一首伦巴
唱着一个最好的男孩
爱上一个最美的女孩

你转了一圈又一圈
总是转回我怀抱
交换舞伴的时候
你的手紧紧拉住我的手

舞曲一首一首不停地换
我却站在原地等你
那是最好的我
一直等着最美的你

2017.9.19

我,是听巴赫的

别为了找我,费尽心思
我很好,我就在此处
音乐诞生的地方

此处,是远古森林的深处
此处,十二级台阶,蜿蜒而上
此处,只和永恒对话

我从此,失去了眼和鼻
失去了耳,失去了全部感官
心灵的潮水,再也没有闸口

别为了找我,费尽心思
别为了被我拒绝,伤感哭泣
我,是听巴赫的

2017.3.23

图书在版编目（CIP）数据

假装写诗：陆渔2016—2017诗选／陆渔著.－－南京：江苏凤凰文艺出版社，2019.3
ISBN 978-7-5594-3150-9

Ⅰ.①假… Ⅱ.①陆… Ⅲ.①诗集－中国－当代Ⅳ.①I227

中国版本图书馆CIP数据核字(2018)第295569号

书　　名	假装写诗
作　　者	陆　渔
责任编辑	白　涵　刘洲原
插　　画	张琼飞
书籍设计	P+Z Design
出版发行	江苏凤凰文艺出版社
出版社地址	南京市中央路165号，邮编：210009
出版社网址	http://www.jswenyi.com
印　　刷	上海雅昌艺术印刷有限公司
开　　本	889×1194毫米 1/32
印　　张	11.25
字　　数	61千字
版　　次	2019年3月第1版　2019年3月第1次印刷
标准书号	ISBN 978-7-5594-3150-9
定　　价	168.00元

（江苏文艺版图书凡印刷、装订错误可随时向承印厂调换）

ISBN 978-7-5594-3150-9

定价：168.00元